VON IHREN PARTNERN BEHERRSCHT

INTERSTELLARE BRÄUTE® PROGRAMM:
BAND 3

GRACE GOODWIN

Von ihren partnern beherrscht Copyright © 2020 durch Grace Goodwin

Interstellar Brides® ist ein eingetragenes Markenzeichen
von KSA Publishing Consultants Inc.
Alle Rechte vorbehalten. Dieses Buch darf ohne ausdrückliche schriftliche Erlaubnis des Autors weder ganz noch teilweise in jedweder Form und durch jedwede Mittel elektronisch, digital oder mechanisch reproduziert oder übermittelt werden, einschließlich durch Fotokopie, Aufzeichnung, Scannen oder über jegliche Form von Datenspeicherungs- und -abrufsystem.

Coverdesign: Copyright 2020 durch Grace Goodwin, Autor
Bildnachweis: Deposit Photos: nazarov.dnepr, magann

Anmerkung des Verlags:
Dieses Buch ist für volljährige Leser geschrieben. Das Buch kann eindeutige sexuelle Inhalte enthalten. In diesem Buch vorkommende sexuelle Aktivitäten sind reine Fantasien, geschrieben für erwachsene Leser, und die Aktivitäten oder Risiken, an denen die fiktiven Figuren im Rahmen der Geschichte teilnehmen, werden vom Autor und vom Verlag weder unterstützt noch ermutigt.

WILLKOMMENSGESCHENK!

TRAGE DICH FÜR MEINEN NEWSLETTER EIN, UM LESEPROBEN, VORSCHAUEN UND EIN WILLKOMMENSGESCHENK ZU ERHALTEN!

http://kostenlosescifiromantik.com

INTERSTELLARE BRÄUTE® PROGRAMM

*D*EIN Partner ist irgendwo da draußen. Mach noch heute den Test und finde deinen perfekten Partner. Bist du bereit für einen sexy Alienpartner (oder zwei)?

Melde dich jetzt freiwillig!
interstellarebraut.com

GRACE GOODWIN

1

*L*eah

Ich versuchte, meine Gefühle zu unterdrücken. Ich versuchte es wirklich, aber der Schwanz, der mich ausfüllte fühlte sich einfach zu gut an. Ich hatte sogar versucht, *ihm* zu widerstehen aber das hatte mir nur das Paar Lederhandschellen an meinen Handgelenken eingebracht. Ich befand mich auf allen Vieren, mein Körper lehnte gegen einen eigenartigen, gepolsterten Tisch. Die Handschellen waren tief unten an Ringen befestigt, damit ich mich nicht rühren konnte. Ein oder zweimal zerrte ich an meinen Fesseln, aber sie gaben nicht nach. Mein Hintern ragte steil in die Höhe und der Schwanz meines Partners steckte tief in mir drin. Es war, als hätte man mich an ein merkwürdiges Holzpferd gebunden, während man mich *bestieg*. Ich war ihm komplett ausgeliefert und konnte nichts anderes ausrichten, als mich der Wucht seines Körpers zu ergeben, während er mich nahm.

Sein Schwanz mochte ein Teil seines Körpers gewesen sein, sein Fleisch und Blut — wenn auch äußerst hart und riesengroß — aber er handhabte ihn wie eine Waffe, die dazu da war, mich zu unterwerfen. Sobald er mich mit seinem Samen ausfüllen würde, sobald seine Essenz mein Inneres auskleiden und meinen Uterus von innen ummanteln würde, gäbe es kein Zurück mehr. Ich würde mich nach seinen Berührungen und seinem Geschmack sehnen. Ich würde ihn *brauchen*, er müsste mich ausfüllen, nehmen und meinen Körper für immer für sich beanspruchen. In diesem Moment, als er mich gekonnt auseinander dehnte, mein blanker Hintern vor stechendem Schmerz brannte und meine Muschi dank dem gekonnten Schlecken mit seiner virtuosen Zunge in Flammen stand, wollte ich ihm nicht länger widerstehen.

Vorher hatte ich Angst. Jetzt war ich einfach nur hungrig. Begierig.

Sein Vorgehen war aber nicht unbarmherzig; im Gegenteil. Als der Schwanz meines Partners sich in mir bewegte, mich ganz von hinten ausfüllte, bevor er ihn immer wieder herauszog, verlor ich meine Ängste. Ich gehörte jetzt ihm. Er würde mich ganz nehmen, meinen Körper und meine Seele, und er war stark, er war schließlich ein Krieger. Er würde mich beschützen. Und er würde mich ficken. Er würde mir mit seiner starken Hand Einhalt gebieten, aber er würde mich mit ihr auch verwöhnen und mir Sicherheit und ein Zuhause geben. All diese Gedanken kamen mir in den Sinn, als dieser mächtige Krieger mich für immer für sich beanspruchte, als sein Schwanz immer wieder in mich eindrang und ich mich öffnete.

Seine breiten Hände fuhren über meinen Rücken, bevor er sich über mich beugte und mich die Hitze eines gestählten Kriegers bedeckte. Seine Finger ruhten an der Stelle, wo meine Hände an den Tisch gefesselt waren. Je länger er mich nahm, desto fester umgriff er die Tischbeine und desto weißer wurden seine Fingerknöchel.

Seine glatte Brust lag auf meinem Rücken und er presste mich gegen die Bank; ich fühlte mich ihm immer stärker ausgeliefert. Ich konnte nicht einmal seinen schroffen Atemzügen ausweichen, das lustvolle Stöhnen seiner Lippen drang direkt in mein Ohr.

"Spürst du das?" knurrte er hervor, als er den Eingang meiner Gebärmutter mit der festen Spitze seines Schwanzes traf. Er war sehr geschickt darin, die geheimen, empfindlichen Stellen in meinem Inneren zu streicheln und das ließ meinen Körper jedes Mal erbeben. Mein Verstand setzte aus und ich unterwarf mich ihm ohne Widerworte. Niemand sonst konnte mich derartig in den Wahnsinn treiben. Niemand sonst hatte je meinen Körper derartig verwöhnt.

Als ich auf der Bank lag, hingen meine Brüste nach unten und sehnten sich danach, endlich berührt zu werden. Mein Kitzler war angeschwollen und wenn er auch nur mit der Fingerspitze kurz darüber fahren würde, müsste ich kommen. Aber soweit würde es jetzt noch nicht kommen. Er würde mir den Höhepunkt vorenthalten, bis ich es nicht mehr aushalten könnte und bis ich ihn darum anflehen müsste.

Ich konnte mich nicht davon

abhalten, meinen Lippen ein gehauchtes "Ja" entweichen zu lassen. Ich konnte hören, wie die feuchten Fickgeräusche—der beste Beweis für meine Erregung—den Raum erfüllten.

"Du hattest Angst vor meinem Schwanz, aber er bringt nichts als Vergnügen. Ich hab' dir gesagt, dass er passen wird, und dass wir füreinander geschaffen sind." Er redete, während er mich fickte. Wie kannte er sich mit meinem Körper so gut aus, wenn das unser erstes Mal war? Ich war vorher nie mit einem Schwanz in mir gekommen, sondern nur, wenn ich im Bett meinen Kitzler rieb, und zwar allein. Aber jetzt durfte ich es mir nicht mehr selbst besorgen. Mein Partner bestand darauf, dass ich nie mehr ohne Erlaubnis einen Orgasmus haben durfte. Sollte ich es trotzdem tun, würde ich zur Strafe lange und fest den Arsch versohlt bekommen. Jetzt, wo ich ihm gehörte, würde ich nur noch kommen, wenn er es so wollte und mich mit seiner Zunge, seiner Hand oder seinem riesigen Schwanz zum Höhepunkt bringen würde ... oder auch nicht.

"Deine Lust gehört mir."

"Ja." antwortete ich.

"Drück meinen Schwanz."

"Ja." ich schrie und drückte nochmal seinen Schwanz. Das war alles, was ich entgegnen konnte, denn ich hatte keine Kontrolle mehr. Ich war ihm vollkommen ausgeliefert und würde alles tun, was er von mir verlangte.

"Du wirst nicht kommen, bis ich es dir erlaube." Er löste seine Hände vom Tisch, um meine Brüste zu streicheln. Zuerst liebkoste er mich nur ganz sanft, danach drückte er so fest zu, dass ich anfing zu wimmern, als er mich schließlich schnell und entschlossen durchknetete. Er entlockte mir eine Mischung aus Schmerz und Genuss und ich stand total darauf. "Du gehörst mir. Deine Muschi gehört mir."

"Ja." wiederholte ich unaufhörlich.

Er hörte nicht auf mich zu besteigen,

mich zu ficken, mich auszufüllen, mich zu nehmen. Mich für sich zu beanspruchen. Ich kam dem Höhepunkt immer näher, bis ich den Kopf vor und zurückwarf und verzweifelt die Griffe der Bank umfasste. Ich fürchtete, dass mein Herz in meiner Brust explodieren würde. Ich bekam keine Luft mehr. Mein Verstand setzte aus. Ich konnte mich nicht länger zurückhalten. Ich war bereit, bereit … zu kommen. Die Hand meines Partners strich über meine Hüfte, sie wanderte über die weichen, fleischigen Rundungen meines Körpers bis sie meinen Kitzler fand. Er kreiste mit den Fingerspitzen um meinen Kitzler herum. Das Geräusch, das meiner Kehle entwich, war das einer gequälten, verzweifelten Kreatur, die keinen Ausweg mehr wusste. Nichts existierte mehr für mich außer seinem Körper, seinem Atem und seinen Berührungen.

"Komm, jetzt." befahl er mir. Sein Schwanz glich einem Kolben, seine

Finger saßen fest und unnachgiebig auf meinem Kitzler.

Mein Orgasmus glich einer Explosion in meinem Inneren, ich hatte keine andere Wahl. Ich konnte mich nicht zurückhalten. Ich hatte keinerlei Kontrolle mehr. Ich war nicht länger ich selbst, ich gehörte jetzt ihm. Ich schrie vor Erleichterung, mein Körper zuckte um seinen Schwanz herum zusammen und zog ihn tiefer, um ihn ganz in meinem Inneren zu behalten. Es war so, als würde mein Körper nach seinem Samen gieren, als ob er ihn verzweifelt brauchen würde.

Mein Orgasmus ließ ihn ebenfalls kommen und ich spürte, wie er stärker anschwoll und größer wurde, bis er in mein Ohr knurrte und heiße Schwalle seines Samens mich füllten. Begierig molk mein Körper den Samen aus seinem Schwanz und nahm in tief in sich auf.

Genau wie er es mir versprochen hatte, löste sein Samen bei mir eine physische Reaktion aus und zwang mich, ein zweites Mal zu kommen.

"Ja, mein Liebes. Ja, nimm jeden Tropfen. Dein Körper verändert sich. Er kennt mich. Er braucht mich. Du wirst darum flehen, meinen Schwanz zu bekommen; du wirst nach meinem Samen lechzen. Du wirst ihn brauchen, ihn lieben, genau so wie ich dich brauche und liebe."

"Ja!" ich schrie erneut und wusste, dass er mir die Wahrheit sagte. Eine heiße Woge des Genusses sickerte durch meinen Körper, geradewegs aus meiner Muschi und dann in alle Richtungen. Er hatte Recht; jetzt, als ich seine Macht zu spüren bekam und wusste, was er mir geben konnte, wurde ich zu seiner Sklavin. Ich wurde zu einer Sklavin für seinen Schwanz.

"Miss Adams?"

"Ja." antwortete ich noch einmal, als ich aus meinem Traum erwachte.

"Miss Adams, ihre Testrunde ist beendet."

Ich schüttelte mit dem Kopf. Nein. Ich war an einem Sex-Möbel angebunden und wurde gefickt und mit Samen gefüllt. Ich wollte dort nicht weg. Ich wollte ... mehr davon.

"Miss Adams!"

Die Stimme war jetzt streng und laut. Ich zwang mich dazu, die Augen zu öffnen.

"Oh Gott." ich keuchte und versuchte, wieder zu Atem zu kommen, während meine Muschi sich nach den Orgasmen weiter zusammenzog und pulsierte. Ich war aber nicht an einer Bank festgebunden. Und da war kein gestählter, männlicher Körper, der sich gegen meinen Rücken presste. Ich befand mich im Abfertigungszentrum für interstellare Bräute und hatte nur einen Untersuchungskittel an. Meine Handgelenke waren mit medizinischen Handfesseln gesichert, die an den Enden eines unbequemen Untersuchungsstuhles befestigt waren, der so ähnlich wie ein Zahnarztstuhl aussah. Es waren die letzten Vorbereitungen, bevor ich den Planeten verlassen würde. Ich hatte nicht mitbekommen, wie Kabel und Sensoren an mir befestigt worden waren, und dass ich in einem erotischen Traum enden würde. Die Nachwirkungen machten mir noch zu schaffen. Meine Muschi war nass, die Rückseite des rauen Krankenhauskittels war feucht. Meine Nippel waren hart und meine Hände waren zu Fäusten geballt. Ich fühlte mich wie durch die Mangel genommen und verbraucht. Ich war erfüllt.

"Wie ich ihnen bereits mitgeteilt habe ist ihre Testrunde jetzt vorbei." Vor mir stand die Aufseherin Egara, eine ernste, junge Frau mit dunkelbraunem Haar, die mit Adleraugen über alle Einzelheiten des Auswahlvorgangs wachte. Sie schaute auf ihr Tablet, während ihr Finger darüber glitt. "Sie sind erfolgreich zugeordnet worden."

Ich befeuchtete meine trockenen Lippen und versuchte, mein wild pochendes Herz zu beruhigen. Schweißnass bekam ich plötzlich eine Gänsehaut. "Dieser Traum ... war er echt?"

"Das war kein Traum." antwortete sie in einem nüchternen Tonfall. "Wir verwenden gespeicherte Daten von früheren Bräuten, um den Auswahlvorgang zu erleichtern."

"Wie bitte?" Gespeicherte Daten?

"Eine neuronale Verarbeitungseinheit oder NPU, wird in ihren Schädel eingepflanzt, bevor sie die Erde verlassen. Das NPU hilft ihnen mit der Sprache und erleichtert es ihnen, sich in ihrer neuen Welt zurechtzufinden." Sie grinste und dieser Anblick war zugleich erschreckend und gemein. "Der NPU ist darauf programmiert worden, ihr Paarungsverhalten aufzuzeichnen und die Daten zur Erde zurückzusenden."

"Ich werde zusammen mit meinem neuen Partner überwacht?"

"Ja. Das Protokoll sieht das so vor.

Alle Verpartnerungszeremonien werden überprüft, um sicherzustellen, dass unsere Bräute sicher und ordnungsgemäß vermittelt wurden." Sie klemmte das Tablet unter ihren Arm und ich bemerkte den steifen Kragen und den gestärkten Rock, der Teil ihrer Uniform war. Sie hatte keine einzige Falte und kein einziges Haar stand von ihrer strengen Duttfrisur ab. Sie sah fast so aus wie ein Roboter. Das Leuchten in ihren Augen aber verriet ihre Leidenschaft und ihre Hingabe für ihren Beruf. Ihre Überzeugung wurde mit den nächsten Worten deutlich. "Wir setzen alles daran, dass unsere Krieger ebenbürtige Bräute bekommen. Sie sind für uns alle da, sie beschützen die Erde und alle Mitgliedsplaneten vor dem sicheren Ende. Das System bedient sich den Reaktionen ihres Körpers, um ihr Unterbewusstes, ihre dunkelsten Fantasien und ihre geheimsten Bedürfnisse zu erforschen. Dinge, für die sie sich nicht interessieren, wurden sofort aus dem Auswahlprogramm entfernt. Die Sinneseindrücke wurden gefiltert, bis wir einen Krieger von einem anderen Planeten fanden, der perfekt zu ihnen passt."

Das war also mein Partner? Unmöglich. "Ich kann nicht einem Mann zugeteilt werden, der mich fesselt. Das war nicht, was ich mir vorgestellt habe, als ich mich freiwillig gemeldet habe."

Sie zog ihre dunklen Augenbrauen hoch. "Miss Adams, anscheinend ist das genau das, was sie sich wünschen. Der Test bringt immer die Wahrheit hervor, auch wenn ihr Verstand sich dagegen sträubt."

Ich grübelte über ihre Worte, während sie um den Tisch herumlief und sich mir gegenüber setzte. Die steife Uniform vom Programm für interstellare Bräute passte zu ihrer kühlen Art. "Sie sind ein ungewöhnlicher Fall, Miss Adams. Wir hatten zwar schon einige Freiwillige, aber wir hatten noch nie eine

Braut, die es aus denselben Gründen wie sie tun wollte."

Einen Moment lang blickte ich zu der verschlossenen Tür und dachte, dass sie vielleicht meinen Verlobten angerufen hatte und ihn herbestellt hatte. In schierer Panik zerrte ich an den Fesseln.

"Keine Sorge." sagte sie und hob eine Hand, um mich zu beruhigen. "Sie sind hier in Sicherheit. Sie haben angegeben, dass die Blutergüsse an ihrem Körper durch einen Sturz herbeigeführt wurden; ich hielt es für notwendig sicherzustellen, dass niemand sie hier besuchen kommen darf, bevor ich sie ins Weltall schicke."

Offensichtlich glaubte die Aufseherin Egara kein Wort meiner lächerlichen Geschichte, aber die Entschlossenheit, mit der sie mich beschützen wollte, beruhigte mich. Ich war noch nie in meinem Leben Skifahren gewesen. Wo ich lebte, gab es weit und breit keine Berge, aber ich brauchte eine glaubhafte Erklärung für die Verletzungen an meinem Körper und ein Skiunfall war dabei das erste gewesen, was mir in den Sinn gekommen war.

Obwohl ich davon ausgegangen war, dass man die Prellungen entdecken würde, ahnte ich nicht, dass man mich für die medizinischen Tests ganz ausziehen und dann in einen Krankenhauskittel stecken würde, um mir vollkommen unangebrachte Bilder und Videoclips zu zeigen. Ich musste wohl eingeschlafen sein, denn so etwas hätte ich mir niemals ausdenken können.

"Danke sehr." antwortete ich.

Ich war nicht daran gewöhnt, dass Leute nett zu mir waren. Sie sagte kein Wort, als ob sie darauf warten würde, dass ich ihr die Wahrheit erzählte. Sollte ich ihr wirklich sagen, was ich jetzt alles über meinen Verlobten wusste? Er war so bezaubernd und zuvorkommend gewesen, bis ich die Wahrheit herausfand. Ich hatte mitbekommen wie er einen seiner Männer damit beauftragte, jemanden umzubringen, weil er einen seiner Immobiliendeals hatte platzen lassen. Ich dachte, seine Leute wären nur Mitarbeiter und Bodyguards, aber es waren gewaltsame Vollstrecker. Die Männer schikanierten andere und töteten für ihn. Als ich eingewilligt hatte, ihn zu heiraten teilte er mir zwei seiner Männer als persönliche *Bodyguards* zu. Selbst zu diesem Zeitpunkt ging ich davon aus, dass er einfach nur reich war und ich den extra Schutz benötigte. Ich dachte, er wäre rücksichtsvoll und fürsorglich und würde über mich wachen. Ha! Wie *dumm* ich damals war. Noch dümmer von mir war, als ich ihm mitteilte, dass ich Zweifel an unseren Hochzeitsplänen hatte. Er rastete aus, packte mich und gab mir zu verstehen, dass er mich niemals gehen lassen würde. Niemals.

Als ich damit drohte ihn zu verlassen, erklärte er mir ruhig und entschlossen, dass ich ihm gehörte. Ich war zu seinem Eigentum geworden, als ich seinen Verlobungsring auf meinen Finger gesteckt hatte. Er würde jeden Mann töten, der es wagen sollte, mich zu küssen und er würden jeden foltern, der es wagen sollte, mich auch nur zu berühren. Und für diese Ärgernisse würde er mich dann bestrafen.

In diesem Moment war mir klar, dass ich abhauen musste, aber ich musste erst einen Weg finden, um zu flüchten. Mit meinem Auto fuhr ich wie immer ins Einkaufszentrum. Die Männer, die mich immer bewachten parkten ihren Wagen neben meinem und folgten mir durch das Einkaufszentrum. Sie ließen mich aber allein in den Geschäften stöbern. Vorsichtshalber drehte ich direkt in Richtung Unterwäscheabteilung ab, weil ich wusste, dass sie mir dorthin niemals folgten. Dann schlängelte ich mich durch einige andere Geschäfte, ließ mein Handy zwischen zwei Kleiderständern liegen und eilte zur

Bushaltestelle, um mit dem Bus ans andere Ende der Stadt zu fahren. Von dort aus nahm ich ein Taxi und fuhr direkt zum Abfertigungszentrum für interstellare Bräute.

Ich hatte keine Familie mehr, keine Freunde mehr übrig. Als wir anfingen, miteinander auszugehen, beseitigte er systematisch all die Menschen, die für mich von Bedeutung gewesen waren. Für Einen nach dem Anderen fand er Gründe, warum der Umgang mit ihnen nicht mehr angemessen war, warum der Kontakt mit ihnen nicht mehr zumutbar war. Ich war jetzt vollkommen allein auf der Welt, ich war von ihm abhängig. Er hatte mich sogar davon überzeugt, meinen Job zu kündigen. Also hatte ich auch kein eigenes Einkommen.

Gott stehe mir bei, aber sogar ein Alien wäre besser als ein psychotischer, eifersüchtiger Ehemann dessen Vorstellung von Bestrafung ein aggressives Boxen beinhaltete, und ich sollte dabei als Sandsack herhalten. Ich hatte es einmal über mich ergehen lassen. Nie wieder würde er das mit mir machen. Ich mochte dumm, naiv und vor Liebe blind gewesen sein, aber damit war es jetzt vorbei.

Auf dem gesamten Weg zum Abfertigungszentrum hatte ich besorgt über meine Schulter geschaut, denn ich hatte Angst, dass sie mich verfolgen und abfangen würden, bevor ich das Gebäude erreichte. Im Abfertigungszentrum fühlte ich mich etwas sicherer, aber ich würde ihnen erst dann entkommen, wenn man mich ins Weltall geschickt hatte. Erst dort könnte ich wieder durchatmen, denn mein Verlobter würde mich dann niemals mehr finden können.

Ich hatte vor über einem Jahr vom Programm für interstellare Bräute gehört und wusste, dass die meisten teilnehmenden Frauen Gefängnisinsassen waren, die nach einer Alternative zu ihren harten Gefängnisstrafen Ausschau hielten.

Einige von ihnen waren auch Freiwillige, aber keiner Braut war es gestattet, jemals zur Erde zurückkehren. Sobald sie einem außerirdischen Alien zugewiesen und zu ihm ins Weltall geschickt wurden, waren sie nicht länger Bewohner der Erde und konnten daher nicht zurückkehren. Zuerst hörte sich das Ganze beängstigend und ziemlich lächerlich an. Wer würde denn schon *freiwillig* die Erde verlassen wollen? Wie schlimm musste das Leben sein, um überhaupt auf den Gedanken zu kommen? Jetzt wusste ich es besser. Das Leben einer Frau konnte sich *wirklich* zum Schlechten wenden.

Ich musste so weit wie möglich von meinem Verlobten wegkommen und ich befürchtete, dass kein Ort auf der Erde ein sicheres Versteck für mich bieten könnte. Er würde mich überall finden und dann ...

Ich hatte geglaubt, er wäre meine neue Familie. *Familie.* Er wollte mich zu seiner Frau machen, weil ich niemand anderen hatte. Ich hatte kein soziales Netz, niemanden, der mich beschützen und davon abhalten würde, dieses Arschloch zu heiraten. Er würde niemals meine neue Familie werden. Niemand auf der Erde liebte mich. Als freiwillige Braut war ich erleichtert zu wissen, dass ich nie mehr zurückkommen würde. Ich wollte nicht länger auf der Erde bleiben. Ich wollte nicht den Rest meines Lebens in Angst verbringen. Deshalb würde ich von der Erde verschwinden, hin zu einem Ort, an dem er mich niemals finden würde. Niemals.

Und nun fand ich mich mit einem kratzenden Krankenhauskittel bekleidet unter dem prüfenden Blick der Aufseherin Egara wieder.

"Haben sie noch Fragen?"

Ich befeuchtete nochmals meine Lippen. "Mein Partner ... woher soll ich wissen, dass er ... nett sein wird?" Obwohl ich für den Auswahlprozess zahlreiche Tests durchlaufen hatte, war mein einziges Kriterium für meinen zukünftigen Partner, dass er nett sein sollte. Ich wollte nicht mit jemandem verpartnert werden, der mich schlug. Dafür könnte ich auch einfach auf der Erde bleiben und meinen Verlobten heiraten.

"Nett? Miss Adams, ich denke, dass ich den Grund für ihre Besorgnis verstehe, aber ihr Partner hat den gleichen Auswahlprozess durchlaufen. Genau genommen durchlaufen die Krieger noch ausführlichere Tests als unsere Bräute. Haben sie keine Angst vor ihrem Partner, denn ihr Unterbewusstsein ist für die Auswahl des passenden Partners entscheidend. Ihre Wünsche und Bedürfnisse sind genau aufeinander abgestimmt. Allerdings müssen sie sich im Klaren darüber sein, dass auf anderen Planeten auch andere Sitten herrschen. Sie werden sich in einer fremden Kultur wiederfinden. Sie werden sich anpassen müssen und ihre Vorurteile und veralteten Ansichten ablegen müssen.

Sie werden ihre Angst vor Männern ablegen müssen. Lassen sie ihre Ängste hier auf der Erde zurück."

Ihre Worte klangen weise, aber sie ließen sich nicht ganz so einfach umsetzen. Ich würde noch lange Vorbehalte gegenüber Männern hegen, da war ich mir sicher. "Wohin werde ich geschickt?"

"Viken."

Ich runzelte die Stirn. "Von diesem Planeten habe ich noch nie gehört."

Sie blickte auf ihr Tablet. "Hmm, sie sind die erste Braut von der Erde, die dorthin entsendet wird. Der Traum, den sie erlebt haben, gehörte zu einer Braut von einem anderen Planeten, die ebenfalls nach Viken gegangen ist. Wie sie sehen konnten, war der Partner ein rücksichtsvoller und dennoch energischer Liebhaber."

Der Gedanke ließ mich rot anlaufen.

"Dem Testdurchlauf zufolge gehe ich davon aus, dass sie mit ihrem Partner sehr zufrieden sein werden."

"Und falls nicht?" Was wäre, wenn sie sich irrte und der Typ gemein zu mir sein würde? Er mochte seinen Schwanz wie ein Pornostar herumschwenken, aber was wäre, wenn er mich einfach nur zu seiner Sklavin machen wollte? Was wäre, wenn er mich wie mein Verlobter schlagen würde?

"Sie können es sich dreißig Tage lang anders überlegen." antwortete sie. "Denken sie daran, dass sie nicht nur zu einem Mann passen, sondern zum gesamten Planeten. Falls sie nach dreißig Tagen ihren Partner nicht wollen, dann können sie einen anderen Krieger anfordern, aber sie werden auf dem Planeten Viken bleiben."

Das erschien mir fair zu sein. Ich seufzte erleichtert und entspannte mich bei dem Gedanken, dass ich am Ende doch noch ein Wörtchen mitzureden hatte—und nicht zur Erde zurückgeschickt werden würde.

"Sind sie zufrieden?" wollte sie wissen. "Haben sie weitere Fragen? Gibt es irgendwelche Gründe, ihren Transport zu verschieben?"

Sie schaute mich an, als würde sie mir eine letzte Chance geben. Eine Chance, die ich verstreichen lassen würde. "Nein. Es gibt keinerlei Gründe dafür."

Sie nickte mit dem Kopf. "Ausgezeichnet. Für die Unterlagen, Miss Adams, sind sie verheiratet?"

"Nein." Wäre ich nicht abgehauen, dann würde ich es bald sein. Nämlich in zwei Wochen.

"Haben sie Kinder?"

"Nein."

"Gut." Sie wischte wieder über ihren Bildschirm. "Sie wurden offiziell dem Planeten Viken zugeteilt. Akzeptieren sie die Partie?"

"Ja." Solange der Typ sich nicht mies verhielt, würde ich überall hingehen, nur um hier raus zu kommen.

"Da sie zugestimmt haben, ist es jetzt offiziell. Sie verlieren damit ihre Bürgerrechte auf der Erde. Sie sind ab jetzt und für den Rest ihres Lebens eine Viken-Braut." Sie blickte auf ihren Bildschirm und wischte erneut mit dem Finger darüber. "Den Bräuchen des Planeten Viken entsprechend werden an ihrem Körper einige Modifikationen vorgenommen, bevor sie transportiert werden können."

Die Aufseherin Egara stellte sich neben mich.

"Modifikationen?" Was sollte das heißen? Was würde sie mit mir anstellen?

Sie drückte auf einen Knopf an der Wand über meinem Kopf und die Wand öffnete sich. Ich blickte über meine Schulter nach hinten, konnte aber nichts weiter als ein schwaches, blaues Licht erkennen. Dann bewegte sich ein langer Arm aus Metall aus der Wand heraus, an dem eine Nadel befestigt war. "Was ist das?"

"Keine Angst. Wir implantieren nur die NPU, das ist für alle Bräute so vorgesehen. Halten sie still. Es dauert nur ein paar Sekunden."

Der Roboterarm bewegte sich auf mich zu und stach mich in den Nacken. Ich zuckte vor Schreck zusammen, aber es tat fast gar nicht weh. Eigentlich war es überhaupt nicht schmerzhaft. Als der Stuhl sich rückwärts in den Raum mit dem blauen Licht bewegte, blieb ich ruhig und entspannt. Ich war schläfrig.

"Sie brauchen jetzt keine Angst mehr zu haben, Miss Adams." Als der Stuhl sich in das warme Wasser absenkte, fügte sie noch hinzu: "Ihre Abfertigung beginnt in drei ... zwei ... eins."

2

rogan

"Wir waren fast dreißig Jahre lang voneinander getrennt. Ich verstehe nicht, warum wir uns ausgerechnet jetzt zusammenfinden sollen." Ich verschränkte die Arme vor der Brust, als ich quer durch das Zimmer auf die beiden Männer starrte, die mir zum Verwechseln ähnlich sahen. Es waren meine Brüder. Der Eine hatte langes

Haar, das ihm weit bis über die Schultern reichte und der Andere hatte kurz geschorenes Haar und eine Narbe an der rechten Augenbraue, ansonsten aber kam ich mir vor, als ob ich in den Spiegel schauen würde. Ich wusste schon immer, dass ich als Drilling zur Welt gekommen war, ich wusste, dass wir nach der Geburt getrennt worden waren und ich kannte sogar den Grund dafür.

"Als sie geboren wurden, befanden sich die Sektorenkriege im vollen Gange. Nach dem Tod ihrer Eltern wurde beschlossen, sie voneinander zu trennen. Je ein Kind wurde entsendet, um über einen der drei Sektoren zu regieren und mit ihrem königlichen Blut die Machtverhältnisse auszugleichen und den Krieg zu beenden." Der Regent Bard blickte keinen von uns direkt an. Er war klein und gebrechlich, aber überaus mächtig. Wir hätten ihn mühelos mit unseren bloßen Händen töten können, aber wir wussten, dass sein Tod am Verlauf der Ereignisse nichts ändern würde. Ich wusste es einfach und deswegen war es sinnlos, Blut zu vergießen. Da er noch am Leben war, mussten meine Brüder zu derselben Einsicht gekommen sein. Aber keinem von uns gefiel die Sache.

Neben dem Regenten stand Gyndar, sein Stellvertreter. Der Regent stellte ihn uns nur kurz vor und allem Anschein nach sollte Gyndar einfach die Klappe halten und das tun, was der Regent ihm befahl. Er war kein junger Kavalier mehr, der noch grün hinter den Ohren war, sondern ein älterer Herr mit einer ernsthaften, besonnenen Mine. Man hätte ihn leicht übersehen können und das machte ihn so gut in seinem Job. Meine Spitzel hielten mich über die Machenschaften des Regenten auf dem Laufenden und Gyndar war ein wichtiger Mittelsmann und Verhandlungspartner, der in aller Ruhe und hinter verschlossenen Türen

Abkommen aushandelte, während der Regent Bard öffentliche Auftritte absolvierte und die Fassade aufrechterhielt.

"Wir brauchen keine Nachhilfe in Geschichte, Herr Regent. Uns ist bewusst, dass wir der Grund für das Friedensabkommen und das Ende des Krieges waren." sagte Tor.

Es war merkwürdig, als meine Stimme aus einem anderen Mund zu sprechen schien. Sein langes Haar und der dicke Mantel waren Anzeichen dafür, dass er in dem kälteren Sektor Nummer Eins lebte. Ich war nie dort gewesen und hatte keinerlei Interesse daran, mich der klirrenden Kälte auszusetzen.

"Für sie war es ein ziemlicher Glücksfall, dass wir als Drillinge zur Welt kamen, nicht wahr, Herr Regent?" fügte Lev hinzu. Er ging zu einem Stuhl mit einer großen Lehne. Sein kurzes Haar und sein wütender, finsterer Blick ließen ihn kaltherziger als Tor erscheinen, aber ich wusste, dass das eine falsche Annahme war. Meine Brüder waren beide gestandene Krieger und sie herrschten über ihre Sektoren, so wie ich über meinen Sektor herrschte. Dass sie diese drei Jahrzehnte überhaupt überlebt hatten, war ein ausreichender Beweis für ihre Stärke und ihre Intelligenz.

Ich erkannte Ähnlichkeiten zwischen Lev und mir. Genau wie er lümmelte ich gerne mit meinen langen Beinen weit von mir gestreckt. Ich sah Levs geschwungene Augenbrauen und abgesehen von der Narbe war es, als würde ich in einen Spiegel blicken. Wir teilten auch dieselbe Abneigung und Gleichgültigkeit gegenüber den manövrierenden und durchtriebenen Machenschaften der Politik. Genau wie mir gefiel keinem meiner Brüder diese Zusammenkunft. Es war uns lästig und wir mussten da jetzt einfach durch.

Der ältere Herr nickte zustimmend. "Ich glaube, das Schicksal wollte es so, dass durch ihre Geburt der Frieden auf Viken wiederhergestellt wurde."

Ich schaute zu meinen Brüdern, bevor ich antwortete. "Und trotzdem herrscht für *uns* noch kein Friede. *Wir* werden uns mit einer Frau von einem anderen Planeten verpartnern. *Wir* sollen unsere Heimat, unser Volk, unser Leben hinter uns lassen, um zusammen zu leben und uns eine Braut miteinander zu *teilen*? Wir haben unser gesamtes Leben in verschiedenen Sektoren zugebracht; das ist zu viel verlangt."

"Herr Regent, wir mögen als Brüder zur Welt gekommen sein, aber jetzt sind wir Feinde." fügte Tor hinzu. Ich nickte und Lev tat es mir gleich. Ich hatte kein Verlangen danach, durch den Raum zu preschen und meine Brüder zu ermorden, aber meine Loyalität galt den Leuten meines Sektors und die Loyalität meiner Brüder galt den Leuten in ihren Heimatsektoren. Wir waren als Brüder geboren, aber unsere Treue galt unserer

Heimat und den Leuten, für die wir verantwortlich waren. Unser Volk benötigte unseren Schutz und unsere Fürsorge.

"Feinde?" Regent Bard hakte nach. "Nein. Sie sind Brüder. Identische Drillinge mit der gleichen DNA, die jetzt eine Partnerin nehmen werden und mit dieser einen Nachkommen zeugen werden."

"Ihnen geht es also gar nicht um uns." Lev faltete seine Hände. Obwohl er gelassen wirkte, wusste ich, dass er alles andere als entspannt war. Woher ich das so genau wusste, war mir nicht ganz klar, aber ich spürte Dinge in diesen beiden Männern, die ich in anderen Leuten nicht spüren konnte. War das etwa so, weil wir Drillinge waren oder herrschte noch irgendeine andere Verbindung zwischen uns? "Es geht um das Kind, das wir zeugen werden."

Der alte Mann hielt nichts dagegen. "Ja. Dieses Kind wird die drei Sektoren wieder miteinander vereinen, es wird alleinig über sie herrschen, gleichberechtigt und vereint. Der Planet Viken wird sich wieder vereinen und einen Alleinherrscher haben. Der Krieg wird ein für alle Mal enden."

"Erstens, ich möchte keine außerirdische Braut. Wenn die Einheit des Planeten ihr Ziel ist, dann sollte unsere Partnerin vom Planeten Viken kommen" sprach Tor, als er sich gegen eine Wand lehnte.

Wir befanden uns auf Viken United, einer kleinen Insel, auf der sich eine handvoll Regierungsgebäude befanden. Alle interstellaren Besucher trafen an diesem Ort ein und alle offiziellen Zusammenkünfte zwischen den Vertretern der Sektoren wurden hier abgehalten. Das riesige, weiße Zentralgebäude mit seinen steilen Spitztürmen hatte Statuen, die allen drei Sektoren gewidmet waren—nämlich Pfeil, Schwert und Schild—und es war der einzige Ort, der von allen drei

Sektoren als neutrales Territorium angesehen wurde.

Waffen wurden an der Grenze zurückgelassen. Es war ein sicheres Gebiet, eine friedliche Zone, in der Konflikte gelöst werden konnten.

Obwohl der Krieg seit Jahrzehnten vorbei war, blieb die Kluft zwischen uns weiterhin groß. Unsere Kulturen waren verschieden. Ich konnte meine Brüder schon aus Prinzip nicht ausstehen. Ich wusste nichts über sie, außer, wie sie aussahen. Unsere Körper waren absolut identisch und daher wusste ich, dass Tors Schwanz sich nach links neigte und dass Lev ein Geburtsmal am oberen Rücken hatte. Abgesehen davon waren wir Wesen, die ihrem Volke gehörten und ihren Sektoren dienten.

"Auf Viken gibt es keine einzige Frau, die durch und durch neutral ist." Er schaut durch uns hindurch. "Wer von ihnen würde eine Partnerin aus einem fremden Sektor für sich beanspruchen wollen?"

Alle drei schüttelten wir energisch mit dem Kopf. Es wäre unvorstellbar, eine Frau aus einem anderen Sektor zu nehmen und sie zu ficken. Sie würde mich hassen und ich würde sie *ertragen* müssen. So konnte eine Verpartnerung nicht funktionieren und wir alle wussten das. Wir benötigten eine echte, starke Verbindung. Nach der Verpartnerung war diese Verbindung mächtiger als alles andere auf Viken.

"Aus diesem Grund wurden sie einer Frau von einem anderen Planeten zugeteilt. Einer Frau vom Planeten Erde."

"Wer von uns?" wollte ich wissen. "Wir müssen nicht alle drei dabei mitmachen. Sicherlich kennt sich einer meiner Brüder genug mit Frauen aus, um sie zu schwängern."

Die Männer hatten keine Einwände. Sollten sie auch nur ein kleines bisschen Ähnlichkeit mit mir haben, dann dürfte es kein Problem für sie sein, eine Frau zu begatten.

"Einer von ihnen reicht leider nicht aus." Ich hätte schwören können, dass Regent Bard kurz innehielt, um seinen Worten mehr Gewicht zu verleihen. "Sie müssen sie alle drei begatten. Und es muss sofort hintereinander geschehen, im Abstand von wenigen Minuten. Sie alle müssen die gleiche Chance haben, das Kind zu zeugen."

Wir blickten uns flüchtig an, aber keiner von uns sagte ein Wort. Ich wusste aber, dass sie am Überlegen waren. Ich könnte ihre exakten Worte nicht *hören*, aber ich wusste, dass wir das gleiche dachten. "Ich teile meine Braut nicht, Herr Regent. Wenn sie darauf bestehen, dann werde ich eine Partnerin nehmen, aber ich werde sie niemals teilen."

"Dann wird es wieder Krieg geben." Als der Regent diese Worte aussprach, veränderte Lev seine Körperhaltung und Tors finsterer Blick wurde noch bedrohlicher. "Sie sind die letzten Nachkommen der Königsgeschlechter.

Der gesamte Planet billigt ihren Anspruch auf Vikens Thron. Sie müssen gemeinsam eine Braut nehmen. Sie müssen ihre Streitigkeiten beiseitelegen und ihr Volk in eine neue, friedliche Ära führen. Wir müssen aufhören, uns gegenseitig zu bekriegen und unsere Anstrengungen auf die interstellaren Kampftruppen lenken. Wir können uns jetzt nicht mehr wie kleine Kinder gegenseitig bekämpfen. Der außerirdische Feind rückt näher und unsere Krieger beteiligen sich nicht am Kampf. Stattdessen bleiben sie zu Hause und überfallen sich gegenseitig, wie ein paar verwöhnte Gören."

Der Regent atmete tief durch. Ich hatte diese Standpauke schon mehrmals gehört. Der Gesichtsausdruck meiner Brüder ließ darauf schließen, dass auch sie diese Worte nicht zum ersten Mal hörten. "Sie alle drei sind in jeder Hinsicht identisch. Ihr Samen ist identisch, deswegen wird ein Kind, welches aus der Verpartnerung resultieren sollte, sie drei und alle drei Sektoren repräsentieren."

"Also müssen wir es nicht gemeinsam zeugen." sagte ich. "Einer von denen beiden kann die Frau bekommen." Ich deutete mit dem Kopf in Richtung meiner Brüder.

Ich wollte bloß nicht derjenige sein, bei dem die Frau landete. Ich brauchte keine. Die Viken behüteten ihre Frauen und Kinder, aber da ich mir keine Sorgen darum machen musste, eine Frau zufrieden zustellen oder sie im Zaum zu halten war mein Leben so viel einfacher. Wenn ich mir eine Frau in meinem Bett wünschte, dann nahm ich mir eine. Wenn ich fertig war, lebte sie ihr Leben weiter und ich tat dasselbe. Es gab für mich keinen Grund, warum ich eine Frau begatten sollte. Kinder bedeuteten viel Verantwortung und sie brauchten eine Familie, die ich nicht gründen wollte. Unsere Eltern hatten allem Anschein nach eine liebevolle Partnerschaft, aber was hatte ihnen das nur eingebrockt. Sie waren tot. Ich wollte nicht eine Frau nach Viken holen, wenn man sie dann aus politischen Gründen umbringen würde.

"Ich will keine Partnerin." sagte Tor. "Er kann sie haben." Er deutete auf Lev.

"Ich? Ich will keine Partnerin."

Der Regent blieb überaus ruhig. Er war entschlossen, vor seinem Tod Ordnung auf dem Planeten zu schaffen. Er war alt und zerbrechlich. Im Gegensatz zu uns hatte er Zeiten gesehen, in denen auf Viken Frieden herrschte. "Es ist zu spät. Sie wurde jedem von ihnen zugeteilt. Als Viken sind sie sich ihrer Verantwortung bewusst."

Verantwortung. Die hatte man mir schon in einem sehr jungen Alter aufgezwungen. Es bestand die eine Verantwortung, den Planeten zu führen, aber es gab keine Verantwortung, zusammen mit meinen entfremdeten Brüdern eine Frau gemeinsam zu begatten.

"Wir haben nicht darum gebeten." sagte ich und sprach damit gleichzeitig auch für meine Brüder. Sie nickten und es war vielleicht das erste Mal, dass wir uns in einer Sache einig waren.

"Würde denn jeder von ihnen das Kind ihres Bruders als ihren rechtmäßigen Nachfolger anerkennen?"

"Nein." Lev zog wieder die Augenbraue nach oben.

"Niemals." Tor ballte die Hände zu Fäusten.

Ich sagte nichts, denn meine Antwort war dieselbe. Nein. Niemals. Ich würde nie mein Volk dem Nachkommen eines anderen Mannes überlassen. Mein Volk war mein Volk. Mein Kind würde das heilige Amt des Souveräns erben.

"Sie haben verstanden. Sie alle müssen sie begatten." Der Regent hob seine Hand, als ich dazu ansetzte, mit ihm zu diskutieren. "Niemand hat sie darum gebeten, als Herrscher über diesen Planeten geboren zu werden. Niemand hat sie gefragt, als sie als

Kleinkinder voneinander getrennt wurden. Sie waren dazu bestimmt, als eine Einheit zusammen zu bleiben. Sie wurden geboren, um zu herrschen, aber ihr Leben war und wird immer mit Opfern verbunden sein. Im Namen des Planeten und im Namen der zukünftigen Generationen müssen sie endlich Frieden schließen. Unsere Krieger müssen wieder der interstellaren Koalition dienen. Wir müssen unseren Planeten vor den Hive schützen, anstatt uns gegenseitig zu bekriegen. Falls wir ein weiteres Mal unsere Quote für Krieger nicht erfüllen, dann werden wir von der Koalition nicht länger geschützt werden. Mir wurde mitgeteilt, dass wir achtzehn Monate lang Zeit haben, um unseren Verpflichtungen nachzukommen, um unseren Beitrag zum Bräute-Programm zu leisten und um Krieger zu stellen oder Viken wird nicht mehr von der Koalition geschützt werden. Ich möchte Viken vereint und stark wissen. Stolz und in Sicherheit. Vor meinem Ableben müssen wir dafür sorgen, dass Viken wieder seinen Platz als wirksame Kraft im Kampf gegen die Hive einnimmt."

Die Hive waren eine Rasse künstlicher Wesen, die auf ihrer Suche nach Rohstoffen und neuen, biologischen Lebewesen für ihr Kollektiv willkürlich tötete. Sie bedienten sich aller natürlichen Lebensformen und implantierten diese mit Technik, Neuro-Prozessoren und Steuerungsmechanismen, die den Kreaturen den Verstand und die Seele raubten. Alle Mitgliedsplaneten der interstellaren Koalition steuerten Geldmittel, Raumschiffe und Krieger im anhaltenden Kampf gegen die Hive und ihre willkürliche Boshaftigkeit bei.

Die Hive mussten gestoppt werden. Und der Regent hatte vollkommen Recht. Viken hatte seit Jahren nicht mehr die entsprechende Anzahl an Kriegern oder Bräuten gestellt. Ich war noch nicht einmal auf den Gedanken gekommen, dass man uns dafür eventuell fallen lassen würde. Die Bedrohung für den Planeten war real und nicht hinnehmbar. Zwei Sonnenzyklen waren kaum genügend Zeit, um eine Frau zu begatten und das Kind auf die Welt kommen zu sehen. Was bedeutet, dass wir wirklich keine Zeit und keine andere Option mehr hatten. Ich hasste ihn dafür, dass er uns die Wahrheit sagte. Aber mir war klar, was getan werden musste, auch wenn mir der Gedanke daran nicht sonderlich behagte.

"Bis jetzt haben sie sich nie mit interstellarer Politik befasst. Nun aber müssen sie ihrer Rolle gerecht werden und die Verantwortungen akzeptieren, die ihnen in die Wiege gelegt wurden. Der gesamte Planet Viken muss beschützt werden. Wir müssen vereint werden. Viken muss stark sein. Das ist die Wahrheit und das ist auch der Traum, für den ihre Eltern ihr Leben geopfert haben."

Lev knurrt. "Sie *starben* nicht für den Frieden, sondern aufgrund des Krieges. Die Rebellengruppen haben sie in einem Wettlauf zur Macht gejagt und ermordet. Der Bürgerkrieg auf Viken wurde beendet, weil sie uns aufgeteilt haben, nicht weil wir zusammen geblieben sind."

"Damals, als Babys, konnten sie noch nicht anführen." fügte der Regent hinzu. "Jetzt aber sind sie nach Viken United, dem zentralen Sektor unseres Planeten zurückgekehrt, um Frieden zu schließen. Und zwar nicht nur vorübergehend, wie es durch ihre Platzierung in den einzelnen Sektoren bewirkt wurde, sondern für immer. Sie drei müssen ihre Streitigkeiten beiseitelegen und sich zu einer echten Front vereinen. Zusammen werden sie große Macht erlangen. Drei Brüder. Ein Kind. Eine Zukunft."

"Verdammt." flüsterte Tor. Ich hatte den gleichen Gedanken. Es gab keine andere Lösung, als das, was der Regent uns vorgetragen hatte. Wir mussten unser Volk vor den Hive und vor den Rebellengruppen auf unserem Planeten schützen. Die Rebellen wollten zur alten Stammesordnung zurückkehren, mit hundert verschiedenen Sektoren, die jeweils einen eigenen Anführer hatten und eigene Ziele verfolgten. Sie wollten die Lebensweise der Viken wie sie vor hunderten Jahren üblich war wiederbeleben, bevor wir Mitglied der interstellaren Gemeinschaft wurden, bevor Viken ein Planet unter vielen wurde.

Die Rebellengruppen gierten nach Krieg und Konflikten, sie wollten alle über ihr kleines Königreich herrschen, und zwar mit absoluter Macht und eiserner Hand. Sie wollten sich allmächtig wissen und es den Göttern gleichtun.

Diese veralteten Ideen waren die Überbleibsel einer jahrtausendealten Kultur. In der neuen Welt gab es dafür keinen Platz mehr. In der neuen Welt könnten die Hive innerhalb weniger

Wochen die gesamte Bevölkerung unseres Planeten auslöschen, wenn wir sie wie ein paar Dummköpfe ohne Schutz dastehen lassen würden. Unsere Krieger wurden im Weltall gebraucht, auf den Schlachtschiffen, nicht bei Streitereien über Ernteerträge und Frauen.

"Sie hätten uns über die Forderungen der Koalition, über die unerfüllten Krieger-Quoten informieren können." sagte ich. "Sie hätten uns in ihren Plan einweihen und uns von unserer Braut berichten können."

Meine Brüder verschränkten die Arme vor der Brust und nickten einstimmig.

Der alte Mann zog eine seiner ergrauten Augenbrauen hoch. "Hätten sie mir denn zugestimmt? Hätten sie sich dem Auswahlprozess für die Verpartnerung unterzogen?" Der Regent neigte den Kopf beiseite und schaute erleichtert. Wir hatten dem nichts mehr entgegenzusetzen. Er hatte recht. Ich war nicht vollkommen unvernünftig und wie es schien, fehlte es auch meinen Brüdern nicht an Einsicht. Wir hatten uns noch nicht geeinigt, aber wir lauschten mit offenen Ohren.

Tor rieb an seinem Unterkiefer. "Wie haben sie einen von uns verpartnert? Und wem wurde die Braut zugewiesen?"

Der Regent war tatsächlich peinlich berührt, nie hatte ich beobachtet, wie sein runzliges Gesicht rosafarben anlief. "Die Routineuntersuchung, die sie letzten Monat durchlaufen haben, war ein Trick, um sie zu testen. Wir haben sie alle drei betäubt und die Tests durchgeführt, während sie geträumt haben. Bei einigen Test hatten sie vollkommen das Bewusstsein verloren."

Als ich das hörte, zuckte ich zusammen. Ich wusste genau, wovon er redete. Ich war für die allgemeinmedizinische Untersuchung gekommen und wachte schweißgebadet und mit klopfendem Herzen wieder auf. Die Untersuchung war ungewöhnlich verlaufen. Nie zuvor war ich auf der Krankenstation mit einem fetten Ständer aufgewacht. Nichts konnte ihn wieder runter bringen. Ich musste mich beim Doktor entschuldigen und meine Hand zur Hilfe nehmen, um das Unbehagen zu mildern. Ich hatte eine Art Traum gehabt, der so intensiv gewesen war, dass ich mehr als einfach nur erregt wurde. Wenn ich mich nur daran erinnern könnte, was ich damals geträumt hatte. "Wer von uns ist also ihr Partner?" wollte ich wissen. Ich musste es wissen. Ich wollte nicht eine Frau ficken, die nicht mir gehörte. Wenn nötig würde ich es einmal machen, um den Planeten zu schützen, aber ich würde keine Gefühle für sie entwickeln, ich würde mir nicht gestatten, mich um sie zu sorgen, wenn sie nicht *mir* gehörte.

Der Regent kicherte nur. "Sie alle drei. Wir haben ihre Profile im Programm miteinander kombiniert und sie wurde ihnen zusammen zugeteilt. Sie wird nicht nur jeden von ihnen mit seinen Macken akzeptieren, sondern sie wird jeden von ihnen *brauchen*, um wirklich glücklich zu sein. Jeder von ihnen verfügt über eine Charaktereigenschaft, die sie braucht, nach der sie sich sehnt und die sie benötigt, um zufrieden zu sein." Der Regent schritt auf und ab, seine festen, grauen Stiefel lugten unter seinem Gewand hervor, als er lief. Er trug eine weiche Robe mit festen Stiefeln, die mit eingebetteten Klingen versehen waren. Sanfte Worte, gefolgt von der Härte eines eisernen Willens. Der Look passte zu ihm. "Ich wollte sie nicht hier versammeln, bevor ihre Braut ausgewählt wurde und bis der Transfer stattfinden würde. Ich wollte nicht riskieren, dass einer von ihnen sie ablehnen würde."

Da er damit offensichtlich Recht hatte, antwortete keiner von uns.

"Meinetwegen." Tor lenkte schließlich ein. "Und jetzt sollen wir diese Frau ficken, bis sie schwanger wird? Im selben Zimmer? Zur gleichen Zeit?" wollte er wissen.

Der Regent zuckte mit den Achseln. "Sie können sie teilen oder sie können sie nacheinander nehmen. Wie genau sie es anstellen, überlasse ich ihnen."

Tor nickte. "Gut. Dann wird sie von Sektor zu Sektor reisen und wir werden sie nacheinander ficken."

Der Regent erhob wieder seine Hand. "Wie ich ihnen gesagt habe, muss jeder von ihnen sie kurz hintereinander nehmen, um sicherzustellen, dass ihr Samen sich vermischt und sie alle die gleiche Chance erhalten, einen Nachkommen zu zeugen. Sie müssen sie nicht alle drei gleichzeitig ficken, aber die Verpartnerungsregeln sehen vor, dass—"

Lev legte eine Hand an den Nacken und erhob sich, um auf und ab zu schreiten. "Meinen sie das ernst?"

Tor löste sich von der Wand. "Wir können uns kein bisschen ausstehen und sie verlangen von uns, dass wir gleichzeitig mit dieser Frau zum Höhepunkt kommen?"

Zorn erfüllte den Raum, als der Regent seine Forderung stellte. Uns abzuwechseln war eine Sache, aber sie gleichzeitig zu ficken? Wir hatten uns dreißig Jahre lang aus den Augen verloren und jetzt sollten wir mal eben gemeinsam eine Frau ficken?

Der Regent erhob wieder seine Hand. "Das Gesetz ist eindeutig. Wie sie wissen, müssen sich bei einer Verpartnerungszeremonie alle Teilnehmer miteinander vereinen. In ihrem Falle sind sie alle drei die Partner der Frau, und sie müssen sie gleichzeitig für sich beanspruchen. Andernfalls ist die Verbindung nicht rechtmäßig und sie wird für immer von der Gemeinschaft ausgestoßen."

Tor verkrampfte sich und verschränkte die Arme vor der Brust. Ohne Zweifel gefiel ihm dieser Gedanke überhaupt nicht. "Sie wird das Kind gebären, welches den Planeten wieder vereinen wird. Wieso sollte sie verbannt werden?"

"Wenn sie die Zeremonie nicht ordnungsgemäß durchführen, dann wird ihre Partnerin nur dazu dienen, das Kind auf die Welt zu bringen, sonst nichts. Sie wird nicht als Mutter des Souveräns anerkannt werden oder als Partnerin des Sektorenherrschers. In ihrem Falle, als Partnerin der Herrscher über alle drei Sektoren. Dem Gesetz und dem Brauch nach wird sie von ihrem Partner geächtet werden. Sie wird verbannt werden."

Ich blickte zu meinen Brüdern und dann zum Regenten. "Wir waren unser gesamtes Leben lang Feinde und jetzt erwarten sie von uns, dass wir gleichzeitig ihren Mund, ihre Muschi und ihren Arsch in der Verpartnerungszeremonie nehmen?" Meine Brüder musterten mich neugierig; sie wollten wissen, was in mir vorging. Der Gedanke war ziemlich anregend, aber ich müsste die Frau zusammen mit zwei Männern aus den anderen Sektoren ficken, die ich schon aus Prinzip nicht ausstehen konnte. Lev und Tor waren meine Brüder, aber die Bewohner des ersten Sektors waren mein Blut, mein Schweiß und meine erste Wahl.

"Einverstanden, aber nur für die Verpartnerungszeremonie. Nicht, um sie zu begatten. Jeder von ihnen muss ihre Muschi mit Samen füllen. Zumindest, bis sie offiziell schwanger ist. Wenn das erreicht wurde, dann können sie mit ihr verfahren, wie sie es wünschen. Aber um das zu erreichen und um sie glücklich zu machen, müssen sie ihre Konflikte lösen."

Wir zogen alle drei die rechte Augenbraue nach oben und funkelten den alten Herren an. Eine Frau glücklich zu machen gehörte zum Ehrenkodex eines jeden Kriegers. Anzudeuten, dass wir, die Anführer des Planeten nicht in der Lage wären, die Bedürfnisse unserer Braut zu erfüllen war schlichtweg beleidigend. "Sie haben uns in verschiedene Sektoren gesteckt, um den Frieden zu sichern und nicht, um uns Toleranz zu lehren. Sie haben dafür gesorgt, dass wir unser ganzes Leben lang voneinander getrennt waren und jetzt sollen wir so tun, als wären wir froh darüber, zusammen eine Frau zu ficken, damit sie nicht in der Verbannung landet? Wir sollen eine Braut miteinander teilen?"

"Drogan hat Recht. Eine Frau wird die uralten Probleme zwischen den Sektoren nicht beseitigen. Ein Kind wird das auch nicht können."

"Nun, geehrte Sektorenführer, ich schlage ihnen vor, dass sie einen Weg finden, um die Sektoren wieder miteinander zu vereinen oder der gesamte Planet wird den Hive zum Opfer fallen. Sie werden alles verlieren. Wie bedeutungslos werden ihnen die Streitigkeiten zwischen den Sektoren erscheinen, wenn sie dermaßen viele Neuro-Prozessoren in ihre Gehirne eingepflanzt bekommen, dass sie sich nicht einmal mehr an ihren eigenen Namen erinnern werden können." Es war mir ein Rätsel, wie der Regent weiterhin die Ruhe bewahren konnte. Alleine dafür wollte ich ihm eine verpassen. Ich wollte ihn für das, was er von uns verlangte, am liebsten verprügeln ... es war purer Wahnsinn. Er zwang uns in eine unmögliche Situation. Er verheimlichte uns die gefährliche Wahrheit über unseren Konflikt mit der interstellaren Koalition.

"Weiß unsere Partnerin, dass sie drei Männern zugewiesen wurde?" fragte Lev.

Das war eine gute Frage und ich blickte zum Regenten.

"Sie weiß es nicht. Sie wurde einem kombinierten Profil zugeteilt, genau wie jeder von ihnen—" Er deutete auf jeden von uns. "—ihrem Profil zugeteilt wurde. Als Drillinge mit derselben DNA wurde sie ihnen dreien zugewiesen."

"Um es also zusammenzufassen, Herr Regent," sprach Tor. Er benutzte seine Finger, um die einzelnen Punkte abzuhaken. "Wir haben eine Partnerin, die nicht weiß, dass sie zu drei Kriegern gehört. Wir müssen sie davon überzeugen, mit jedem von uns zu ficken. Wir müssen sie so schnell wie möglich schwängern, um den Planeten zu vereinen. Und wir müssen die Sektoren stabilisieren, damit mehr Krieger und Bräute zur Koalition gesendet werden oder wir werden von den Hive überrannt werden."

"Ja. Die Koalition hat uns zehn Monate gegeben, um mehr Leute zu entsenden."

Das war kaum genug Zeit, um unsere neue Braut zu schwängern und ein neues Baby auf allen Vieren krabbelnd zu sehen. Das Kind würde nicht einmal das Laufen gelernt haben und trotzdem würde es bereits als Herrscher über alle drei Sektoren anerkannt werden.

Ich stöhnte. "Wir müssen unsere Braut außerdem überzeugen, unseren Samen zu akzeptieren, und zwar zur gleichen Zeit, damit die Verpartnerung anerkannt wird. Ich werde nicht zulassen, dass meine Partnerin verbannt wird." Sie zu schwängern war noch das Einfachste an der ganzen Sache. Wir konnten sie ficken, wie sie es wollte, aber für die Verpartnerungszeremonie mussten wir ihre drei Öffnungen gleichzeitig ficken. Ich war kein netter Typ, aber ich würde es niemals zulassen, dass eine Frau verbannt wird. Sie konnte schließlich nichts für meine Vorbehalte, sie zusammen mit meinen Brüdern zu ficken.

Ich würde eine Frau auch nicht zu irgendetwas zwingen. Eine unwillige Frau davon zu überzeugen, mit drei Männern gleichzeitig zu ficken, würde nicht einfach werden. Vielleicht wäre es einfacher, sich den Hive zu stellen.

"Ich werde es auch nicht zulassen." raunzte Lev.

Tor streckte seinen letzten Finger aus. "Und wir müssen dreißig Jahre des Hasses überkommen und den Planeten davon überzeugen, zusammen zu halten."

Als Tor das alles erläuterte, schien es eine Aufgabe der Unmöglichkeit zu sein.

"Woher sollen wir wissen, dass sie nicht mit jemanden anderes verpartnert wurde und sie uns damit nur manipulieren wollen, um die Machtverhältnisse zwischen den Sektoren zu stören?" fügte ich hinzu.

Bei dieser Frage zogen meine Brüder die Schultern zurück und türmten sich bedrohlich über dem Mann auf.

"Wie sie wissen würde ihr Heimatplanet sie nicht hierher entsendet haben, wenn das Verpartnerungsprotokoll keine Übereinstimmung festgestellt hätte." Er seufzte. "Wenn ihnen das so wichtig ist, dann werde ich einige weitere Männer in diesen Raum holen damit sie gezwungen ist, sie aus der Gruppe auszuwählen."

"Sie soll nur einen von uns wählen." wandte ich ein, um sicher zu gehen, dass die Frau eine eindeutige Wahl treffen konnte. Falls sie tatsächlich einem von uns zugeteilt worden war, dann würde die Verbindung eindeutig und unverzüglich sein. Das hatte ich vergessen, es gab also Hoffnung, dass sie sofort unserem Wunsch nachkommen würde, mit ihr zu ficken. Ich würde dieser Verpartnerung nicht trauen, bis unsere Braut bewiesen hatte, dass sie in der Lage war, diese gegenseitige Verbindung zu spüren.

Der Regent beugte als Zeichen des Respekts seinen Kopf nach unten. "Gut. Da sie glaubt, dass sie nur einem Mann zugeteilt wurde, müssen sie nur noch entscheiden, wer von ihnen mit in der Reihe stehen soll. Und vergessen sie nicht, sie richtig zu beanspruchen. Sie müssen sie alle drei mit ihrem Samen ausfüllen. Ohne die bindende Kraft ihres Samens werden andere Männer sie nehmen wollen. Man wird versuchen, sie von ihnen zu stehlen."

Sobald der Samen eines Mannes die

Muschi einer Frau füllte, begann die gegenseitige Bindung. Die chemischen Substanzen im Samen eines Viken-Mannes waren überaus mächtig. Unsere Braut würde sich danach sehnen, sie würde unseren Samen brauchen. Im Gegenzug würde der Mann, an den sie sich gebunden hatte, einen fortwährenden Drang verspüren, sie zu nehmen, sie zu beschützen und die Verbindung immer wieder zu erneuern. Das war die normale Verbindung zwischen einem Viken-Mann und seiner Partnerin. Wenn die Frau aber einige Monate lang nicht den Chemikalien im Samen des Mannes ausgesetzt war, dann würde ihr Körper für das Verlangen eines anderen Mannes empfänglich werden.

Keine Frau würde jemals unter dem Verlust meines Samens leiden. Ich würde sie oft und anständig durchficken. Ich würde ihre Muschi schmecken, während mein Samen ihre Kehle füllte. Ich würde ...

"Glauben sie, dass andere Männer uns herausfordern werden, indem sie unsere Partnerin nehmen werden?" fragt Lev. Bis sie einen von uns aus der Ansammlung gewählt hatte, war sie für alle zu haben. Jeder Mann, der mächtig genug war sie zu nehmen, konnte auch versuchen, sie für sich zu beanspruchen.

"Falls sie einen von uns auswählt, ist die Verpartnerung echt. Dann gehört sie zu niemandem außer zu uns." Tors Worte bestätigten seinen Beschützerinstinkt. Lev nickte zustimmend.

"Die Partie ist echt. Sie wird einen von euch wählen." sprach der Regent. Er war sich seiner selbst äußerst sicher. Sicher genug, dass ich ihm Glauben schenkte. Falls er lügen würde, dann konnte diese Frau jeden beliebigen Viken-Mann im Zimmer wählen, damit er sie fickte. Sein Samen hätte dann Macht über die Frau und er könnte sie schwängern und nicht wir drei. Sein

Plan eines alleinigen Herrschers für Viken würde nicht aufgehen.

"Mit Sicherheit ist diese Frau bereits gefickt worden." sagte Lev. "Wird sie sich nicht nach dem Schwanz des Mannes von der Erde sehnen, den sie zurückgelassen hat? Wird sie unter Entzugserscheinungen wegen seinem Samen leiden?"

Der Regent schüttelte mit dem Kopf. "Die Männer von der Erde verspüren nicht diese Art Verbindung zu ihren Partnerinnen. Ihr Samen ist bei weitem nicht so mächtig wie der unsere. Das ist zu ihrem Vorteil. Eine Frau von der Erde, die drei Viken-Männern zugeteilt wurde. Die vereinte Kraft ihres Samens wird eine Wirkung erreichen, die sie sich überhaupt nicht vorstellen kann. Machen sie sich an die Arbeit, Männer, und machen sie es gut. Sie müssen sie nehmen, ficken, sie mit ihrem Samen füllen. Schwängern sie die Frau. Falls sie sich nicht einigen können, dann kehren sie in ihre Sektoren zurück. Ihre

Partnerin wird dann verbannt werden, sobald das Kind auf die Welt kommt. Das Kind wird der neue Herrscher des Planeten werden. Diese erbärmlichen Streitereien werden enden und wir werden wieder unseren rechtmäßigen Platz als vollwertiges, geschütztes Mitglied der Koalition einnehmen. Alles andere ist unwichtig."

Der Mann schenkte unseren individuellen Wünschen keinerlei Beachtung. Alles, was ihm vorschwebte, war die Stabilität unseres Planeten. Er sorgte sich nicht um unsere persönlichen Interessen und mit Sicherheit kümmerte er sich nicht um die Wünsche und Erwartungen dieser Frau, die uns zugewiesen wurde. Wie schon bei unserer Geburt waren wir einmal mehr Opfer der äußeren Umstände geworden. Lev, Tor, und ich konnten zu unseren Sektoren zurückkehren, wenn wir uns über diese Partnerschaft unter Brüdern nicht einigen konnten. Aber *sie* wäre dann vollkommen ruiniert. Das eventuell gezeugte Kind würde ihr und den Männern, die sie ablehnten, entrissen werden. Sie würde monatelang unter dem starken, verzweifelten Verlangen nach unserem Samen leiden, dem Samen von nicht nur einem Mann, sondern gleich drei Männern.

Keiner Frau würde ich ein solches Schicksal wünschen und insbesondere nicht einer Frau, für die ich verantwortlich war. Einer Frau, die ich begattet und als Braut für mich beansprucht hatte. Einer Frau, die beschützt und umsorgt werden musste, die befriedigt und unterworfen werden sollte. Ich wollte sie nicht ausnutzen, ihr Vertrauen und ihr Gehorsam gewinnen, nur um sie dann fallen zu lassen. Eine Frau akzeptierte es schließlich, ihrem Partner zu dienen. Mit funkelnden Augen blickte ich meine Brüder an. Würden wir miteinander auskommen können, um eine Frau zu beschützen, die wir überhaupt nicht kannten?

Ein helles Licht über dem großen Tisch in der Mitte erhellte plötzlich den Raum.

"Ah, der Transport hat begonnen." Der Regent wirkte plötzlich aufgedreht, er lächelte und seine Schritte machten erwartungsvolle Hüpfer.

Wir taten alle einen Schritt zurück und beobachteten, wie sich auf dem Tisch langsam eine Frau materialisierte. Als der Transport abgeschlossen war, erlosch das blendende Licht und eine bewusstlose Gestalt lag auf der harten Oberfläche des Tisches. Wir traten näher, um sie zu begutachten. Meine Augen brauchten einige Sekunden, um sich nach dem grellen Lichtschein des Transportvorgangs wieder an die normalen Lichtverhältnisse zu gewöhnen.

Sie hatte ein langes Kleid an, wie es auf Viken üblich war. Der Stoff konnte ihre üppigen Kurven nicht verbergen, sie hatte sehr volle Brüste und runde Hüften. Ihr Haar war dunkelrot, wie die dunkelste Farbe feuriger Glut. Sie trug es offen und ihre dicken Locken breiteten sich auf dem hölzernen Tisch aus. Ihre Wimpern waren sehr lang und ruhten auf ihren blassen Wangen. Ihre prallen Lippen hatten eine satte rosa Farbe und mein Schwanz fing an zu pulsieren, als ich mir vorstellte, wie sie ihn in den Mund nehmen würde.

Das war unsere Partnerin? Ich blickte flüchtig zu meinen Brüdern und erkannte, dass ihr ehrfürchtiger Gesichtsausdruck meine eigenen Gefühle widerspiegelte.

"Denken sie immer noch, es wäre eine Bürde, diese Frau zu ficken? Sie als Partnerin zu nehmen? Sie zu schwängern?" Der Regent wollte sich über uns lustig machen, aber stattdessen betonten seine Worte nur, wie sich meine Einwände beim Anblick ihres vollen Körpers und ihres wunderschönen Gesichts verflüchtigten. Ich *wollte* sie. Ich wollte meinen Schwanz in ihrem Mund spüren und mit meiner Hand ihren nackten Arsch streicheln. Ich wollte sie ficken, bis sie vor Lust schrie und ihr zusehen, wie sie nackt und bereit dazu, von mir genommen zu werden vor meinen Füßen kniete.

Nein, sie zu ficken würde kein Problem sein. Mein Schwanz wurde schon bei ihrem Anblick steif und sie war noch nicht einmal aufgewacht. Aus dem Augenwinkel heraus beobachtete ich, wie Tor sich zurechtrückte. Dass wir uns zu ihr hingezogen fühlten, war eine gute Sache, denn nichts Geringeres als das Schicksal unseres Planeten lastete auf unserem Vermögen, diese Frau zu ficken und es ihr richtig gut zu besorgen.

―――

Tor

WIR WAREN in die Zentrale auf Viken United bestellt worden. Aber es ging nicht um ein Sektorentreffen, wie man es mir mitgeteilt hatte, sondern meine Brüder und ich waren aufgrund einer außerplanetaren Bedrohung jetzt gezwungen uns zusammenzuraufen und eine Frau zu begatten, die man nicht nur mir, sondern auch meinen beiden identischen Drillingsbrüdern zugeteilt hatte. Mir war klar gewesen, dass ich mir irgendwann eine Partnerin suchen musste, aber ich war immer davon ausgegangen, dass ich sowohl den Zeitpunkt als auch meine Partnerin selber bestimmen könnte. Außerdem hatte ich angenommen, dass meine Partnerin einzig und allein mir gehören würde. Es schien, als ob das Schicksal mir einen Strich durch die Rechnung machte, wie der Regent Bard es so schön formuliert hatte.

Vor mir ausgebreitet lag die hübscheste Frau, die ich je gesehen hatte, und zwar auf jenem Tisch, an dem die kühnsten Entscheidungen des gesamten Planeten getroffen wurden.

Vielleicht war *sie* die kühnste Entscheidung, zu der sich der Regent je durchgerungen hatte. Sie würde die Sektoren wieder miteinander vereinen und dem Planeten Frieden bringen. Sie würde junge Krieger zum Kampf ermuntern und jungfräuliche Bräute inspirieren, sich als Partnerinnen zur Verfügung zu stellen. Ihr Kind würde über den Planeten herrschen, wenn ich und meine Brüder schon lange tot sein würden.

Die Trennung unserer Sippe hatte den Planeten nicht vereinen können. Wir waren nichts anderes als eine vorübergehende Atempause in einem totalen Krieg. Unser royales Blut und die Tradition unserer Familie mit ihren rechtschaffenen Herrschern hatten den Planeten so weit beruhigt, dass ein zerbrechlicher Friede Einzug halten konnte. Aber die Trennung als Babys hatte unsere Brüderlichkeit zerstört. Wir waren durch die Bräuche, Vorurteile und Glaubenssätze unseres spezifischen

Sektors geprägt worden und durch nichts anderes. Von mir wurde erwartet, dass ich diese Frau mit zwei Männern teilte—meinen Brüdern—die ich nicht kannte. Wir sahen identisch aus, aber das war auch schon alles. Die Regenten erwarteten von uns, dass wir uns eine Partnerin *teilten*.

Man hatte mir bereits vorenthalten, was rechtmäßig mir gehörte. Im Sektor Eins, dem ich vorstand, ging nichts über die Familie. Der Wert eines Einzelnen wurde an der Stärke und Ehrbarkeit seiner Familie gemessen. Ich hatte keine Familie. Mein königliches Blut war das einzige, was mich vor einer Existenz am Rande der Gesellschaft inmitten meiner Leute bewahrte. Aber selbst meine Abstammung reichte nicht aus, um mich vor den Sticheleien anderer Kinder zu bewahren und mich vor der einsamen Realität meiner Situation bei Großveranstaltungen zu schützen. Ich war immer allein und wurde in einer Gesellschaft, in der die Familie das

Überleben sichert, als verletzlich angesehen.

Meine jahrelange Isolation hatte mich stark gemacht und auf keinen Fall bedauerte ich mein Dasein. Jetzt aber, als ich kurz davor stand, eine eigene Familie zu gründen, wollte ich meine einzige Familie nicht mit zwei Männern teilen, die ich kaum kannte. Ich wollte die Zeit und Aufmerksamkeit der Frau mit niemandem teilen. Wenn sie tatsächlich mir gehörte, wie der Regent es behauptet hatte, dann wollte ich sie ganz für mich allein haben. Ich bemerkte, dass ich nach ihrer Liebe, ihrer Lust und ihrem Körper gierte. Ich wollte alles von ihr.

Ich blickte auf ihre opulenten Kurven, auf ihren Arsch und ihre Hüften. Die Vorstellung, wie ich ihren Arsch ficken, sie behutsam dehnen und auf alle möglichen Wege für mich beanspruchen würde, ließ meinen Schwanz unversehens anschwellen. Sobald ich meinen Sprössling in ihre

Gebärmutter gepflanzt hatte, würde ich ihren runden Arsch mit meinem Samen füllen und sicherstellen, dass sie süchtig nach mir würde, süchtig nach meinen Berührungen und meinem Schwanz. Ich wollte, dass sie voll und ganz nach mir gierte.

Ich wollte sie auf meine Arme heben und sie in einen einsamen Raum tragen, um ihr zu zeigen, was guter Sex ist. Ich hegte keine Zweifel, dass meine Brüder sie gut behandeln würden. Trotz aller politischen Unstimmigkeiten kümmerten sich alle Männer auf Viken hervorragend um ihre Frauen und Kinder. Die Frauen wurden beschützt und umsorgt. Die eigene Partnerin wurde als das Wichtigste im Leben eines Mannes angesehen und dementsprechend geschätzt.

Das war der einzige Grund, warum ich es bis jetzt tunlichst vermieden hatte, eine Partnerin zu nehmen. Ich war noch nicht bereit dazu, einer Frau den Vorrang in meinem Leben zu geben.

Jetzt aber, als ich diese ... Frau von der Erde zu Gesicht bekommen hatte, war alles anders. Ich konnte ihren Pulsschlag an ihrem langen Hals sehen. Ich konnte die vollen Kurven ihrer Brüste über ihrem Ausschnitt sehen. Ich konnte mir das seidige Gefühl ihrer roten Haare vorstellen, wenn es durch meine Finger gleiten würde. Verdammt, sogar ihren Geruch konnte ich wahrnehmen. Sie roch blumig und frisch. Ich fragte mich, wie sie wohl schmecken würde, ob ihre Muschi genauso süß war wie der Rest von ihr.

Ich rückte meinen Schwanz in meiner Hose zurecht. Bis ich nicht tief in ihr drin stecken würde, gäbe es für mich keine Erleichterung.

"Wünschen sie immer noch, dass sie einen von ihnen aus einer Gruppe auswählen soll?" fragte der Regent und seine lange, graue Robe wallte um seine Knöchel, als er sich mir zuwendete.

Ich schaute kurz zu meinen Brüdern und beide nickten. An der Verbindung bestand kein Zweifel, aber die Politik war gnadenlos. "Ja."

Wir mussten sicher gehen, dass der Plan stichhaltig war, dass die Frau wirklich uns gehörte. Der Test würde uns die Bestätigung geben, die wir brauchten, obwohl ich den Sog schon spürte, wenn ich diese Frau nur anblickte.

"Gut, ich werde die Gruppe organisieren und alsbald zurück sein." Regent Bard nickte, als er an mir vorbeilief und aus dem Raum eilte; der stille und unscheinbare Gyndar folgte ihm.

"Wir können uns noch nicht einmal leiden. Wie sollen wir das nur hinbekommen?" fragte Drogan. Mit einer Geste, die mir vertraut war, fuhr er sich durch sein etwas kürzeres Haar. Nur einen Moment zuvor hatte ich das gleiche getan.

"Gab es auf Viken denn keine weiblichen Drillinge, die wir hätten bekommen können?" Ich lehnte mich vor und stütze meine Hände auf den Tisch. "Das Problem würde damit so einfach wie eine Runde ficken gelöst werden." fügte ich hinzu.

"Die Regenten wollen ein Kind, nicht drei. Sie wollen einen neuen Anführer." erläuterte Lev.

"Scheiße." murmelte Drogan.

Der Plan war gut durchdacht. Er hatte uns mit einer Frau von einem anderen Planeten verpartnert, die nie mehr dorthin zurückkehren konnte. Mein Schwanz regte sich, als sich sie anblickte. Ich nahm an, die Schwänze meiner Brüder reagierten genau so. Wenn erst einmal unser Samen in ihr war, wie sollten wir dann noch unsere Lust verbergen? Sie würde permanent an uns gebunden sein, der Geruch unseres Samens in ihrem Körper würde uns wie eine Sirene berauschen. Sollten wir sie ablehnen, nachdem sie schwanger sein würde, sollten wir die Verpartnerungszeremonie nicht durchführen wollen, dann würde sie mit hoher Wahrscheinlichkeit wahnsinnig werden. Wir konnten uns vielleicht nicht ausstehen, aber wir würden nie einer Frau etwas zuleide tun. Es wäre besser, sie direkt zu töten, anstatt sie voller unerfülltem Verlangen nach dem Samen von drei mächtigen Viken-Männern leiden zu lassen.

Lev trat näher an den Tisch heran, er musterte unsere neue Partnerin. "Wie werden wir sie ficken?"

Drogan und ich traten näher heran, bis wir alle drei über ihr lehnten und voller ... Ehrfurcht auf sie herunterstarrten. Eine Auseinandersetzung war unvermeidbar.

"Ich habe gehört, dass die Männer im Sektor Eins gerne vor Publikum ficken." sagte Lev und sah mich dabei an.

Damit hatte er auch nicht vollkommen unrecht. In meinem Sektor fickte man nicht unbedingt hinter verschlossenen Türen. Familienbande waren bei uns überaus wichtig. Hin und wieder, wenn ein Mann seine Partnerin begatten wollte und sie sich wünschten, dass das Kind mit offenen Armen von der Gemeinschaft empfangen wurde, dann beanspruchte und schwängerte er sie öffentlich. Wenn eine Frau unter Entzugserscheinungen litt und den Samen ihres Partners brauchte, dann nahm er sie an Ort und Stelle. Die Bedürfnisse einer Partnerin waren wichtiger als alles andere.

Ich war es gewohnt, beim Sex beobachtet zu werden oder anderen dabei zuzusehen, sollte ich also meinen Brüdern dabei zusehen müssen, dann wäre das nicht wirklich ein Problem für mich. Ihnen dabei zuzusehen, wie sie *sie* ficken würden, wäre aber schwierig für mich.

"Die Männer im Sektor Zwei müssen ihre Partnerin festbinden, um sie gefügig zu machen." entgegnete ich.

Levs Kiefer verspannten sich. "Wir fesseln unsere Frauen nicht, um sie zu vergewaltigen. Bei der Praktik geht es um

Lust und die Frauen unterwerfen sich gerne."

"Sie werden gefesselt. Sie haben keine andere Wahl." fügte Drogan hinzu.

Lev hätte ihn am liebsten umgebracht. "Sie *wollen* gefesselt werden und sich zugleich unterwerfen." Er wendete sich an Drogan. "Warum stört es dich so sehr, was wir im Sektor Zwei machen? Die Männer im Sektor Drei verschlingen Muschis wie Naschereien. Ich habe gehört, dass ihr sie lieber ausleckt, als sie zu ficken."

Drogan grinste, Levs anstößige Bemerkungen störten ihn überhaupt nicht. "Wir schätzen eine hübsche, feuchte Frau, manchmal auch stundenlang." Drogans Augen verdunkelten sich mit der gleichen Lust, die auch ich verspürte, als er auf unsere neue Partnerin starrte. "Ich kann es kaum erwarten, meinen Kopf zwischen ihre Schenkel zu klemmen und sie zu kosten und mit meiner Zunge ihren kleinen Kitzler zu lecken und sie immer wieder zum Höhepunkt zu bringen. Ich möchte sie betteln hören." Er beugte sich über sie und atmete tief ein, um ihren Duft in seine Lungen zu inhalieren. "Ich werde sie schmecken, bis sie vor Lust aufschreit und danach werde ich sie ficken, bis sie nach mehr kreischt."

Unser Gezanke stoppte, als jeder von uns in Gedanken in seine private Fantasiewelt abdriftete. Für mich war es offensichtlich, dass wir alle auf die gleiche Art und Weise auf die Frau reagierten. Ich blickte sie an und gierte nach ihr. Ich wollte sie auf die Schulter nehmen und nach Hause tragen, sie auf dem Marktplatz fesseln und sie ficken, während die gesamte Stadt mir dabei zusah, wie ich meinen Samen in ihre Gebärmutter pflanzte.

Aber soweit würde es jetzt nicht kommen. Wir mussten sie hier, auf Viken United nehmen. Auf dem neutralen Territorium der Insel. Und es musste zusammen mit meinen Brüdern geschehen.

Sie rührte sich nicht. Wir standen da und starrten sie an, als wäre sie ein Rätsel ohne Lösung.

"Wir sind uns einig, mit ihr zu ficken wird nicht das Problem sein." sagte Lev. "Wie auch immer wir es anstellen werden, was auch immer unsere Schwänze hart werden lässt, es wird ein Vergnügen werden."

"Ja." Ich stimmte ihm zu. Mein Schwanz war schon vollkommen steif und ich schaute sie die ganze Zeit an, trotzdem sie noch komplett bekleidet war. Ich konnte mir nur ausmalen, wie es sich anfühlen würde, wenn sie nackt vor uns liegen würde.

"Ja." bestätigte Drogan.

"Sind wir uns also einig, dass—" legte ich los, während ich den Schwanz in meiner Hose zurechtrückte,"—dass wir uns nicht auf unsere Streitigkeiten konzentrieren sollten, sondern dass wir uns darauf konzentrieren sollten, was wir gemeinsam beschützen und bewahren sollten, nämlich *sie*."

"Falls er von uns erwartet, dass wir sie schwängern und dann sie und das Kind verlassen werden, dann irrt er sich." sprach ich. In meiner Stimme hallte der aufgestaute Ärger eines Lebens voller Frustration mit. "Die Art, wie der Sektor Eins die Familie sieht, also Mutter und Vater, die sich um ihre Kinder kümmern, ist sehr spezifisch. Ich werde nicht zulassen, dass das Kind so wie ich aufwachsen muss. "Ich blickte kurz zu meinen Brüdern. "Ich werde jeden töten, der versuchen sollte, mir das Kind oder die Frau wegzunehmen."

Ich war als Waise aufgewachsen, ohne richtige Mutter oder richtigen Vater. Ich war von der Regierung großgezogen worden, von Kindermädchen und Tutoren, ohne Familie. Es war nicht einfach für mich gewesen. Tatsächlich war es furchtbar gewesen. Nie würde ich so etwas jemanden antun wollen und schon gar nicht meinem eigenen Kind.

"Die Politik kann warten, aber sobald sie aufwacht, wird sie nicht lange warten können." antwortete Lev.

"Mein Schwanz wird auch nicht länger warten können." flüsterte Drogan.

Lev und ich mussten lächeln.

Einen Moment lang blickten wir auf sie hinab. "Sie wird Angst bekommen. Sie gehört jetzt nicht nur einem Mann, sondern gleich drei Männern." sagte Drogan. "Seht uns nur an."

Ich blickte zu meinen Brüdern. Wir waren groß und verärgert, reizbar und aggressiv. Wir waren geborene Anführer; unsere Größe, unsere Macht konnten leicht einschüchternd wirkend. "Niemand kann uns bezwingen." fügte ich bei.

"Wir mögen uns bei vielen Dingen nicht einig sein, aber wir müssen uns über sie einigen und entscheiden, wie wir sie nehmen wollen." Lev neigte den Kopf in Richtung der schlafenden

Schönheit. "Ich werde nicht zulassen, dass sie leidet. Wie Tor schon gesagt hat, ich weigere mich, ein Kind unter der Fürsorge des Regenten aufwachsen zu lassen."

Er betonte das Wort 'Fürsorge', denn der Regent würde sich nicht mehr um ein Kind sorgen, als er sich um ein Haustier sorgen würde.

Drogan nickte und blickte zu mir und Lev. "Sie gehört uns."

"Falls das Ganze keine Falle ist und sie uns wählt." bestätigte ich. "Einverstanden?"

"Einverstanden." Lev und Drogan antworteten gleichzeitig.

"Wer von uns wird sich zu den anderen Männern gesellen, um die Verpartnerung zu überprüfen?" fragte Drogan.

"Das ist egal." sagte ich. "Sie wird einen von uns aus der Gruppe auswählen. Der Regent würde so etwas nicht veranstalten, wenn er sich der Verpartnerung nicht sicher wäre."

"Es ist zu unserer Sicherheit. Tor hat Recht." kommentierte Lev. "Es ist vollkommen egal, wer mit den anderen zusammen steht, solange wir sie hier gemeinsam herausholen. Niemand darf sie anfassen.."

"Einverstanden."

3

ℒ eah

Meine Augen blinzelten, als würde ich von einem Nickerchen erwachen. Allein der Anblick der Zimmerdecke aus dunkel getäfeltem Holz reichte aus, meinen Verstand anzukurbeln und mir bewusst zu machen, dass ich mich nicht länger im Abfertigungszentrum befand. Es war vollkommen ruhig, man hörte keine summende Klimaanlage oder Maschinengeräusche. Die Luft war warm und feucht. Ich hörte ein Rascheln und neigte den Kopf. Ich schien auf einem harten Tisch zu liegen und ein alter Mann saß an dessen Ende auf einem Stuhl mit einer hohen Lehne. Ich stützte mich mit einer Hand ab und setzte mich auf. Ich trug ein grünes Kleid, es war einfach und lang. Das Kleid bedeckte meine Beine bis zu den Knöcheln, aber meine Füße waren nackt. Die Ärmel waren lang und es hatte ein niedriges Mieder. Es war nicht besonders gewagt, aber ich war ziemlich füllig und man sah deshalb immer mein Dekolleté. Das Gewand war merkwürdig, es war altmodisch. Etwas, was die Frauen vor hundert Jahren getragen haben mochten.

Der Mann saß absolut still, er wirkte überaus geduldig. Er hatte graue Haare und einen Bart, tiefe Furchen umrandeten sein Gesicht und ließen auf ein hohes Alter schließen. Seine Tracht ähnelte der meinen, sie war schmucklos und einfach, aber in grau. "Sind sie ... sind sie der Mann, mit dem ich verpartnert wurde?" fragte ich ihn. Ich räusperte mich, denn meine Stimme klang belegt. Hatten sie mich zu einem dermaßen alten Mann geschickt? Ich schätzte, dass er um die achtzig war.

Er lächelte auf meine Frage hin und die Falten um seine Augen vertieften sich. "Nein, ich bin der Regent. Mein Name ist Bard. Ihr Partner wartet draußen vor der Tür." Ich blickte in die Richtung, in die er deutete. "Wenn sie bereit sind, können wir zu ihm gehen."

"Ich bin auf Viken, richtig?" Der Raum war großzügig aber trotzdem leer. Der Fußboden bestand aus ähnlichen Holzdielen wie die Decke, die Wände waren weiß. An den langen Enden des Raumes gab es Fenster, aber ich konnte dort nur grüne Vegetation erkennen. Ich kam mir nicht wie auf einem anderen

Planeten vor oder wie nach einer langen Reise quer durch die halbe Galaxis. Ich kam mir wie in einem historischen Gebäude vor, dass einen alten Primärwald in der Nähe der Küste überblickte. Es roch feucht und nach Salz, die Luft war schwer und dick und so gesättigt, wie sie es nur in der Nähe einer großen Wasserfläche sein konnte.

Es war nicht wie in den Science-Fiction-Filmen im Fernsehen. Er trug keine glänzend silberne Uniform und er hatte keinen dritten Arm. Er sah noch nicht einmal ein kleines bisschen grünstichig aus. Er war ganz normal. Alt, aber normal.

"Ja. Wilkommen auf Viken, gnädige Frau. Wie heißen sie mit Namen?"

"Leah." Ich wollte nicht unhöflich sein, aber mein Partner wartete nebenan. Ich musste diesem Mann nur Bescheid geben, dass ich soweit sein und er würde mich zu ihm bringen. War ich bereit dafür? Würde ich es jemals sein?

Die gute Nachricht war, dass ich nicht mehr auf der Erde war. Mein Verlobter konnte mich hier nicht abfangen und niemand konnte mich wieder zurückschicken.

Freilich, die *Idee*, auf einen anderen Planeten zu reisen und von einem Fremden gefickt und vereinnahmt zu werden *erschien* mir ganz vernünftig. Aber die *Realität*, als es schließlich wahr wurde, war etwas beängstigend. Ich wusste nichts über den Planeten Viken oder darüber, wie die Bewohner überhaupt aussahen. Wie würde mein Partner aussehen? Über sein Alter oder sein Erscheinungsbild hatte ich mir vorher überhaupt keine Gedanken gemacht. Ich wollte nicht wirklich einen Partner. Ich wollte nur einem widerlichen Typen entkommen, der mich auf der Erde wie ein Stück Dreck behandelte. Jetzt aber war ich ... nervös.

Wie auch immer, ich befand mich auf einem fremden Planeten und konnte meinem Schicksal nicht mehr entkommen. Also atmete ich tief durch und sagte: "Ich bin soweit."

Er erhob sich langsam und reichte mir die Hand, um mir vom Tisch runter zu helfen. Mein langes Kleid fiel mir bis zu den Knöcheln, der Stoff war schwer. Ich folgte im zur Tür. Als ich lief, spürte ich ein leichtes Ziehen an meinem Kitzler. Merkwürdig. Plötzlich hielt ich inne, als ich einen Energieschub durch mich hindurch preschen spürte. Ich zuckte und es war vorbei. Zwei Schritte weiter spürte ich es erneut, ich wusste, dass irgendetwas nicht stimmte.

Ich errötete, schließlich konnte ich diesem eleganten alten Mann nicht einfach erzählen, dass mit meinem Kitzler irgendetwas nicht stimmte und ich konnte mein langes Kleid nicht einfach hoch ziehen, um nachzuschauen, egal, wie erpicht ich darauf war. Mir wurde heiß. Nicht vor Scham, sondern vor einer neu entdeckten Lust und ich leckte meine Lippen. Ich wollte zwischen meine Beine langen und mich anfassen, aber das gehörte sich nicht. Hatte ich diese neuen Empfindungen, weil ich auf Viken war? Darum musste ich mir später Gedanken machen, also biss ich auf meine Lippe und schritt durch die Tür, die er für mich offen hielt.

Der nächste Raum war genauso groß, hatte aber keinen Tisch. Nur ein paar Stühle standen an den Wänden. Ich achtete aber nicht auf den Raum, sondern auf die Männer, die vor mir aufgereiht waren. Sie waren allesamt groß und muskulös. Eigentlich waren sie *sehr* groß. Es schien so, als ob die Männer auf Viken fast genau so wie Männer auf der Erde aussahen, außer, dass sie um einiges größer waren. Sie alle starrten mich interessiert und neugierig an. Ich musste mir in Erinnerung rufen, dass sie wahrscheinlich nie zuvor eine Frau von der Erde zu Gesicht bekommen hatten.

Wir waren gleichermaßen voneinander fasziniert.

Der alte Mann stand jetzt neben mir und deutete mit dem Kinn in Richtung der aufgereihten Männer. "Sie sind erfolgreich verpartnert worden; allerdings ist auf Viken ein Beweis für die Verbindung erforderlich."

Ich wendete den Kopf und schaute zu ihm herunter. "Verbindung?"

"Die natürliche Bindung zwischen einem ausgewählten Paar." Als ich ausgiebig mit der Stirn runzelte, erklärte er es mir. "Gehen sie einfach an den Männern vorbei und sagen sie mir, welcher ihr Partner ist."

"Ich soll einfach ... einfach an denen vorbeilaufen und dann werde ich es merken?" Ich blickte kurz zu den Männern herüber. Sie ließen sich nichts anmerken, außer ihrer brennenden Neugierde. Vor mir standen mindestens zehn Männer in voller Blühte. Einige waren gutaussehender als andere, einige glotzten mich an wie eine Kuriosität und wieder andere starrten, als würden sie mich an Ort und Stelle verschlingen wollen. Besonders ein Mann beäugte mich, als würde er den Pulsschlag an meinem Hals beobachten, als würde er das schnelle Heben und Senken meines panischen Atems zählen. Unsere Blicke kreuzten sich und ich wandte mich schnell wieder ab, ich war verängstigt und kam mir vor wie ein Rehkitz, das von einem Panther verfolgt wurde.

Die Männer trugen alle ähnliche Kleidung und es schien, als ob es zwei verschiede Arten von Kriegern gäbe: Barbaren in Fell und Leder und Gelehrte in langen Gewändern. Beide Kriegertypen trugen Waffen, die an ihrem Rücken festgebunden waren: Schwerter, Bögen und Speere. Für eine fortschrittliche Alien-Rasse schien ihre Art, Krieg zu führen eher primitiv zu sein.

Ich kam mir vor, als sei ich von der Erde gegangen und in einer Episode meiner liebsten Wikinger-Fernsehserien gelandet. Den Männern fehlten nur noch die Bärte und sie würden aussehen, wie mittelalterliche Krieger von der Erde.

Woher sollte ich wissen, welcher von diesen Männern meiner war? Was wäre, wenn ich aus Versehen den Falschen wählen würde? "Ist das eine Falle? Werden sie mich zurück zur Erde senden, wenn ich den falschen Krieger auswähle?"

Ich geriet in Panik, als ich daran dachte, wieder auf der Erde zu landen. Die Aufseherin Egara würde angewidert den Kopf schütteln und mich aus dem Abfertigungszentrum herauswerfen. Dann wäre ich allein, ohne einen Pfennig in der Tasche und vollkommen aufgeschmissen und ich hatte keine Zweifel daran, dass mein Verlobter mich finden und mich für meinen Fluchtversuch bestrafen würde. Dieses Mal würde er sich vielleicht nicht mehr zurückhalten. Vielleicht würde er mich einfach erwürgen, damit ein für alle Mal Schluss wäre.

"Es handelt sich nicht um eine Falle." Die Worte des älteren Herren schreckten mich inmitten meiner Träumerei auf, während er lässig mit den Achseln zuckte. "Sie werden ohne Zweifel ihren Partner ausfindig machen können. Sein Körper und seine Seele werden die ihre rufen. Haben sie keine Angst. Vertrauen sie der Verpartnerung."

Es schien so, als hätte ich keine andere Wahl. Ich begann an der linken Seite der Reihe, ich stellte mich vor den ersten Mann und lächelte ihm schüchtern zu. Ich ignorierte das Kribbeln in meinem Kitzler. Ich kannte diesen Mann nicht und ich fragte mich, ob der Transport hierher irgendetwas Seltsames mit meinem Körper angestellt hatte.

Konzentration. Ich musste mich auf die Aufgabe konzentrieren. Der erste der Männer hatte blondes Haar, er war etwa so alt wie ich und trotz des Bogens, der an seinen Rücken geschnallt war und der langen, schwarzen Robe, die seinen Körper verhüllte wirkte er irgendwie wild. Er lächelte mir zu. Seine Augen leuchteten voll männlicher Aufmerksamkeit, aber ich spürte nichts Außergewöhnliches. Ich ging zum zweiten Mann. Er war etwas kleiner, aber kräftiger und er hatte stärkere Muskeln. Er hatte langes, schneeweißes Haar und war mit einer primitiveren Tracht aus Fellen und Leder bekleidet. Ein Schwert war quer über seinem Rücken festgeschlungen und er erinnerte mich an die alten Wikinger-Invasoren. Er lächelte nicht. Er blickte mir noch nicht einmal in die Augen. Er war dabei, mich mit den Augen auszuziehen, sein Blick war auf meine harten Nippel fokussiert, die sich deutlich unter dem zartgrünen Gewand abzeichneten. Ich blickte ihn ebenfalls flüchtig an, aber trotzdem ... nichts. Ich arbeitete mich durch die Reihe, bis nur noch ein paar Männer übrig blieben und langsam sorgte ich mich, dass keiner dieser Männer mein Partner sein würde. War das etwa ein Trick? Würde der Regent enttäuscht oder verärgert reagieren, wenn ich meinen Partner nicht erkennen würde?

Ich stellte mich vor den nächsten Kandidaten und schaute nervös zu ihm hoch. Es war der Mann, der mich zuvor so intensiv beobachtet hatte, der mich quer durch den Raum gemustert hatte, als würde ich bereits ihm gehören. Ich stoppte, drehte mich ihm gegenüber und blickte nach oben. Weit nach oben. Er war größer als die übrigen Männer und er hatte breitere Schultern. Er wirkte robust, trug Wikingerkleidung und ein Schwert auf seinem Rücken. Seine Arme und Brust waren enorm. Seine Hände schienen groß genug zu sein, um mit nur einer mein Genick komplett umfassen zu können. Seine Schenkel waren dick wie Baumstämme und er strahlte Stärke und Autorität aus.

Aber es war nicht sein Äußeres, was

mein Herz ins Stocken geraten ließ, sondern dieser Blick in seinen dunklen Augen. Seine Augen schauten mich nicht einfach nur an, sondern sein Blick bohrte sich geradezu in mich hinein, direkt in meine Seele. Meine Nippel wurden fester und meine Muschi zog sich zusammen, als ich ihn das erste Mal ansah. Ich keuchte, als mein Körper durchzudrehen schien und meine Muschi mit einer feuchten Hitze überschwemmt wurde. Seine Nasenlöcher weiteten sich und sein Kiefer verkrampfte sich. Ich konnte sogar seinen reinlichen Geruch wahrnehmen, er roch würzig und nach Holz. Konnte er mich denn auch riechen?

Ich hatte nicht mitbekommen, dass der Regent sich an meine Seite gesellt hatte, bis er das Wort ergriff. "Ich nehme an, es ist nicht notwendig, dass sie sich die verbleibenden beiden Männer ansehen?" fragte er mich.

Ich hatte meinen Blick von dem

Mann der vor mir stand nicht einmal abgewendet. Seine Haare waren zerzaust, als ob er gerade aus dem Bett gestiegen war und sie waren gerade lang genug, um den Kragen seiner dunklen Tunika leicht zu berühren. Seine Haarfarbe war ein ungewöhnliches Braun, es hatte beinahe die Farbe von Whisky. Irgendwie wusste ich, dass er es war. Er war mein Partner.

Ich verdrängte meine Begeisterung für diesen Mann und antwortete nüchtern: "Nein, das ist nicht nötig. Dieser Mann ist mein Partner."

"Zufrieden, Drogan?" sprach der Regent.

Dieser Krieger, Drogan, senkte den Blick von meinen Augen und ließ ihn wie ein Wüstling über meinen ganzen Körper wandern. Ich kam mir nackt vor, obwohl ich bis zu den Knöcheln in das lange, grüne Gewand gehüllt war. Wusste er etwa, dass sein bloßer Anblick mich erregte? Bemerkte er, dass mein Körper sich nach ihm sehnte, wenn ich ihn anschaute, dass ich mich vor ihm fürchtete und gleichzeitig danach gierte, diese riesigen Hände auf meiner Haut zu spüren? Was auch immer mit meinem Kitzler los war, es wurde schlimmer und ich tänzelte unbequem auf meinen Füßen hin und her. Ich wartete. Worauf genau, das wusste ich jedoch nicht.

"Ja. Sehr zufrieden." Drogans tiefe Stimme wirkte auf meine Sinne wie flüssige Hitze, die meinen gesamten Körper überströmte. Ich wollte diese Stimme hören, ich wollte hören, wie er mir befahl, auf die Knie zu gehen und seinen Schwanz in meinen Mund zu nehmen. Ich wollte hören, wie er mich anwies, mich weiter zu öffnen, während er in meinen Körper eindrang und mir mit einem tiefen Flüstern befahl, zu kommen.

Ich zwinkerte mit den Augenlidern, um die Lust, die meine Sinne umnebelte, zu vertreiben. Ich hatte mich aber noch nicht erholt, als meine Welt plötzlich auf dem Kopf stand. Drogan warf mich wie ein Sack Getreide über die Schulter und trug mich aus dem Zimmer heraus. Ich stützte mich mit den Händen gegen seine Lenden, um das Gleichgewicht nicht zu verlieren und ich bekam nichts anderes als die festen Muskeln seines äußerst süßen Arsches zu sehen, während er mich aus dem Gebäude trug. Er trug mich auf einer Art Trampelpfad entlang zu einem sehr viel kleineren Gebäude, das ein gutes Stück entfernt lag.

Der Geruch von Meerwasser und die blühenden Bäume beruhigten mich. Das Blau des Himmels war etwas dunkler und das Gras war hellgrün. Die Schreie der Vögel und anderer Tiere, die sich gegenseitig, zuriefen erkannte ich nicht wieder, aber ansonsten war es überhaupt nicht anders als auf der Erde. Ich sah rote Blumen, mit dunkelgrünem Moos bedeckte Bäume und lange, helle Äste, die in den Himmel ragten.

Hier auf Viken war ich in Sicherheit vor meinem früheren Verlobten. Dieser

Mann, Drogan, würde mich beschützen und für sich beanspruchen. Er war riesig und furchteinflößend, aber ich vertraute dem Verpartnerungsprotokoll. Ich wollte den Worten der Aufseherin Egara glauben schenken; dieser Mann war mir zugeteilt worden und er war der einzig Richtige für mich im gesamten Universum. Ich hoffte, dass ich lernen könnte, ihn zu lieben und dass er lernen könnte, für mich zu sorgen. Wie bei den Höhlenmenschen über die Schulter geworfen und herumgetragen zu werden war nicht gerade der beste Weg, seine Fürsorge auszudrücken, aber ich fühlte mich definitiv begehrenswert.

Ich sah, wie er mit dem Fuß die Tür hinter sich zu stieß, bevor er mich vorsichtig herunterrutschen ließ, damit ich vor ihm stand. Ich schwöre, ich konnte jeden harten Zentimeter an ihm spüren, als ich herunterglitt.

Ich blickte zu ihm nach oben und hielt mich an seinen Unterarmen fest, um die Balance zu halten. Ich konnte kaum atmen und hatte ein heftiges Verlangen danach, ihn zu schmecken. Ich beobachtete seine Lippen, als er sprach und hoffte, dass er sich nach unten beugen und meinen Mund mit dem seinen beanspruchen würde, damit ich spürte, dass ich zu ihm und nur ihm gehörte.

"Ich bin Drogan, dein Partner." Er legte die Hände auf meine Schultern und drehte mich langsam um, bis ich ...

"Ach du meine Güte!" flüsterte ich mit weit aufgerissenen Augen.

"Das hier sind meine Brüder. Sie gehören ebenfalls zu dir." Vor mir standen zwei weitere Männer, die genau wie Drogan aussahen. Drillinge? Ach du heilige Scheiße! Nein. Nicht drei—

"Ich bin Tor, dein Partner."

"Ich bin Lev, dein Partner."

Ich drehte mich zur Seite, damit ich alle drei begutachten konnte. In meinem Kopf ging es drunter und drüber, als würde sich bei einem Tennismatch zusehen. Tor hatte langes Haar. Levs

Haare waren kurz. Drogans Haarlänge war in der Mitte. Sie waren alle wie Wikinger gekleidet: Lev trug Pfeil und Bogen über dem Rücken, Tor hatte einen Speer und ein Schild und Drogan trug ein Schwert. Ich kam mir vor wie Rotkäppchen mit drei Wölfen, die mich bei lebendigem Leib verschlingen wollten. Obwohl ich vollkommen verwirrt und überwältigt war, konnte ich spüren, wie die Verbindung sogar noch stärker wurde.

"Eineiige Drillinge?" quietschte ich hervor. Nie zuvor war ich eineiigen Drillingen begegnet. Gutaussehenden, *männlichen*, eineiigen Drillingen. Drei dermaßen prachtvollen Männern zu begegnen, kam der Sichtung eines Einhorns gleich. Diese drei waren mir zugewiesen worden. Von allen Männern im gesamten Universum standen mir diese heißen Typen zur Wahl. Drei. Ich wollte nicht drei Männer. Ich wollte nur einen. Ich brauchte nur einen.

Sie nickten als Antwort auf meine Frage.

"Zwischen uns gibt es kleine Unterschiede. Ich habe eine Narbe." sagte Lev und deutet auf seine Augenbraue. Eine weiße Linie durchtrenne die Braue.

"Ich habe eine Sektormarkierung." Tor krempelte den Ärmel seines Hemds nach oben und zeigte mir ein dunkles Band, das seinen Arm umrandete. Ein Tattoo. Es sah wie ein Stammestattoo auf der Erde aus.

"Ich habe kein besonderes Merkmal, aber unsere Haare sollten dir dabei helfen, uns auseinanderzuhalten." fügte Drogan hinzu.

"Ich kann nicht ... euch allen *drei* zugeteilt werden." Aber das wurde ich. Ich wusste es tief in meinem Innersten, denn ich verspürte dieselbe Anziehung gegenüber jedem der drei Männer. Ich spürte es nicht nur mit Drogan; die Sehnsucht, von Drogan berührt zu werden war jetzt ein Verlangen, von allen drei Männern angefasst zu werden. Lev und Tors Einfluss auf mich war genauso stark und beängstigend. "Wer von euch wird mich bekommen?"

"Wir haben dieselbe DNA. Wir sind drei verschiedene Personen, aber biologisch gesehen sind wir identisch." erläuterte Lev.

"Wer von euch ist also mein Partner?" Vielleicht war das wieder so ein Test. Vielleicht würden sie jetzt entscheiden, wer mein Partner war und die anderen beiden würden wieder nach Hause gehen.

Sie traten näher an mich heran.

"Wer dich bekommt?" fragte Lev und zog seine vernarbte Augenbraue hoch.

"Zu wem ich gehöre. Habt ihr das schon entschieden oder soll ich mir einen von euch aussuchen oder was?"

Sie kamen noch näher, bis sie direkt vor mir standen, sie überragten mich und mein Kopf reichte ihnen kaum bis zum Kinn. Würde ich den Kopf heben, dann würde ich sie berühren. Ihre

Körper blockten das Licht der Fenster und ich kam mir sehr, *sehr* klein vor.

"Wir haben uns entschieden." sprach Tor und meine Schultern sackten erleichtert nach unten. Ich hätte mich nicht entscheiden können. Unmöglich. Die Anziehung, die ich für jeden Einzelnen der drei verspürte, war einfach zu stark. Besser sollten sie eine Entscheidung treffen und ich würde einfach akzeptieren, welcher der Brüder mich für sich beanspruchen würde.

"Wir alle behalten dich."

Ich trat einen Schritt zurück. Hatte ich das richtig gehört? Alle drei—

"Ihr könnt mich nicht alle drei … also sicher könnt ihr …" Ich war nicht in der Lage meine Gedanken zu formulieren. Ich verstand es nicht. Dass sie mich alle wollten, ergab keinen Sinn. Auf der Erde wäre so etwas nicht möglich, es wäre nicht erlaubt; der Ethikrat würde mich schon für eine derartig laszive Idee hinter Gittern werfen. "Ich kann nicht euch allen dreien gehören. Das geht nicht. Es ist *illegal*." flüsterte ich.

Lev schüttelte mit dem Kopf. "Es gibt kein Gesetz, das besagt, dass man eine Frau nicht teilen darf. Darüber hinaus wurden wir dir zugeteilt. Die Verpartnerung an sich ist rechtlich bindend."

"Ich kann einen anderen Partner anfordern." entgegnete ich hastig.

Sie beugten sich erneut zu mir nach unten und ich wich zurück, bis mein Rücken gegen die Wand stieß. "Das wirst du nicht." Drogans dunkle Augen starrten in die meinen und mein Herz hämmerte so stark, dass ich fürchtete, es würde aus meinem Brustkorb heraus hüpfen.

Wie kannst du es wagen, mich herumzukommandieren? "Na?" Ich verschränkte die Arme vor meiner Brust. "Und warum ist das überhaupt so?"

"Anders als bei den meisten Frauen im Bräute-Programm gibt es *drei* Männer, die zu dir passen. Drei. Bereits mit nur einem Partner ist die Verbindung äußerst stark. Mit dreien ist das Ganze fast schon verwegen."

Er sprach seinen letzten Satz aus, als sie ihre Hände hoben und mich berührten. Tors Hand strich über mein Haar, Lev und Drogan berührten meine Schultern und ließen ihre Hände an meinen Armen hinuntergleiten. *Verwegen* war nicht der passende Ausdruck. Es war rasiermesserscharf, intensiv, heiß, brodelnd. Zum Teufel, ich hatte keine Ahnung, wie ich es beschreiben sollte. Ich wusste nur, dass ich so etwas noch nie zuvor gespürt hatte und ich ... ich mochte es.

Ich schloss die Augen, als ich die warmen Berührungen ihrer Hände auf mir spürte. Sie berührten mich nicht auf unanständige Art und Weise, sie ... berührten mich nur. Das verbotene Verlangen, das von mir Besitz ergriff, ließ mich die Zähne zusammenbeißen. Würden sie mich an eine Bank festbinden, so wie ich es während der

Abfertigung erlebt hatte? Würden sie gleichzeitig meine Muschi und meinen Arsch nehmen? Würden zwei von ihnen an meinen Brüsten nuckeln, während der dritte mich fickte? Würde ich es zulassen? Mein Kopf sträubte sich, aber meine Muschi zog sich bei der Vorstellung, unter drei Männern aufgeteilt zu werden kräftig zusammen und ich presste meine Schenkel zusammen, um das Unbehagen zu lindern.

"Sag uns, wie du heißt."

Meine Augen waren geschlossen und ich wusste nicht, wer gerade sprach. "Leah." flüsterte ich.

"Leah, wir werden dich jetzt ficken." sagte einer der Männer. Es war keine Frage. Er fragte mich nicht, sondern er informierte mich.

Ich öffnete meine Augen und starrte sie einem nach dem anderen an. "Kein Abendessen? Kein Film? Noch nicht einmal ein Vorspiel?"

Neugierig blickten sie mich an. "Wir

wissen nicht, was ein Film ist, aber falls du hungrig bist, dann werden wir dich mit Sicherheit verköstigen." Lev meinte das ernst, aber ich konnte mir das Lachen nicht verkneifen.

"Ich kenne euch noch nicht einmal und ihr erwartet von mir, dass ich mal eben so mit euch dreien ficke?"

Tor streifte eine Haarsträhne hinter mein Ohr und beugte sich herunter, sodass wir auf Augenhöhe miteinander sprachen. "Ich spüre, dass du nervös bist."

Ich machte große Augen. "Glaubst du?"

"Bist du jemals zuvor gefickt worden? Bist du eine Jungfrau?"

Ich war seit dem Abend meiner Schulabschlussfeier keine Jungfrau mehr gewesen. Das war *nicht* das Problem. "Ich bin keine Jungfrau mehr."

"Du sehnst dich nicht nach dem Mann, der dich als erster beansprucht hat, der dir seinen Samen gegeben hat?"

"Mich nach ihm sehnen?" Sehnte ich

mich nach Seth Marks, der mir im Keller seiner Eltern die Jungfräulichkeit genommen hatte? Er hatte lange herumgefummelt, um das Kondom überzuziehen und das ganze, glanzlose Ereignis war nach etwa dreißig Sekunden vorüber. Ich hatte den Schmerz noch nicht ganz verarbeitet, da war er schon fertig. Ich sehnte mich *nicht* nach ihm.

"Ähm ... nein. Es gab keinen Samen." Ich hatte gehört, dass er nach Arizona umgezogen war und jetzt als Tennislehrer in irgendeinem Resort arbeitete.

Das schien die drei Männer zu beruhigen, was mich wiederum überraschte. Im Abfertigungsprozess wurde nicht einmal, sondern zweimal bestätigt, dass ich unverheiratet war. Die Aufseherin Egara wusste, dass ich die Erde schleunigst verlassen wollte. Ich hatte keine Beziehungen, keine Affären, die der Rede wert gewesen wären und ein Schulfreund, der keinen Schimmer davon hatte, was eine Klitoris überhaupt war, war sicherlich nicht der Rede wert. Ich hatte wichtigere Probleme, wie einen gefährlichen Verlobten, der zwanghaft von mir besessen war.

Drogan zog sein Hemd aus seiner Hose, stülpte es sich über den Kopf und ließ es hinter sich auf den Boden fallen.

"Was machst du da?" fiepte ich. Meine Augen waren an seinen muskulösen Körper geheftet. Verdammt nochmal, *damit* war ich also verpartnert worden?

"Damit du dich besser entspannst." antwortete er.

"Wie soll ich mich bitte besser entspannen, wenn du dein Hemd auszieht?" Er machte mich etwas nervös und ziemlich geil. Ich wollte zulangen und ihn anfassen, die Wärme seiner Haut spüren, die Weiche der federnden Haare auf seiner Brust, die Hügel seiner Bauchmuskeln. Es war sehr schwierig, ihm zu widerstehen.

"Sollen wir dich ausziehen?"

Alle drei Männer schienen sehr beflissen darauf zu sein. Die Tatsache, dass sie mir die Wahl ließen oder zumindest so taten, machte es etwas leichter für mich.

"Ähm ... lieber nicht."

Drogan blickte zu seinen Brüdern. Sie traten einen Schritt zurück und fingen an, sich auszuziehen. Stück für Stück wurde mehr von ihren identisch aussehenden, sehr heißen Körpern freigelegt. Ich verschlang sie mit meinen Augen. Ich hatte keine Ahnung, was diese Männer auf Viken so anstellten, aber mit Sicherheit saßen sie nicht im Büro oder schoben den ganzen Tag nur Papierkram herum.

In dem Moment, als sie die Hosen herunterließen—sie trugen darunter keine Unterwäsche—und nackt vor mir standen, starrte ich sie an. Ich hielt den Atem an. Ich konnte nicht glauben, was ich da vor mir sah. Vielleicht hatte ich zu lange gestarrt, denn sie schauten schließlich an sich herunter. "Sind wir nicht wie Männer auf der Erde geformt?"

Sie waren *nicht* wie Männer auf der Erde geformt, zwischen den Beinen waren sie anders ausgestattet, als jeder Mann auf der Erde, den ich je gesehen hatte. Ihre Schwänze waren riesig, wie geschwollene, pulsierende Keulen standen sie von ihren Körpern ab. Dunkle Venen wölbten sich an ihren Schäften entlang, sie waren sehr dick und die breiteren Schwanzspitzen reichten ihnen fast bis zum Bauchnabel, obwohl sie in meine Richtung pulsten. Das war schon überwältigend genug, ich beliebäugelte sie aber so eindringlich, weil ihre Schwänze alle gepierct waren. Ich wusste, dass manche Männer auf der Erde sich ihre Schwänze mit einem Ring piercen ließen, ähnlich wie ein runder Ohrring, aber ich hatte noch nie so einen gepiercten Schwanz gesehen. Das Metall an den Schwänzen meiner Partner glänzte wie poliertes Silber. Es ragte aus der kleinen Öffnung an der

Spitze der Eichel heraus und verschwand wieder darunter.

Ich hatte gehört, dass die unterschiedlichen Piercingarten eigene Namen hatten, wie dieses Piercing hieß, wusste ich aber beim besten Willen nicht. Es war sinnlich. Verrucht. Erotisch.

Drogan umfasste seinen Schwanz am Schaft und fing an, ihn der Länge nach zu reiben. Flüssigkeit sickerte von der Spitze und tropfte von seinem Metallring.

"Ähm ..." Der Anblick verschlug mir endgültig die Sprache. "Männer auf der Erde sind genauso gebaut, nur kleiner."

Alle drei Männer blickten nach unten und fassten ihre Schwänze. Da sie absolut identisch waren, war es nicht gerade so, dass sie sich miteinander vergleichen mussten. Sie waren allesamt gigantisch. Auf der Erde hätten sie mühelos sehr berühmte, mega-reiche Pornostars werden können. Ich dachte mir, dass ich drei identischen, prächtigen und gut bestückten interstellaren Pornostars zugeteilt worden war und musste mir dabei das Lachen verkneifen.

"Kleiner? Die Schwänze der Männer auf der Erde sind kleiner? Wie Schade für die Frauen." Lev schaute zu mir und zwinkerte. "Du hast Glück. Mit uns zu ficken wird dir viel besser gefallen."

Uns.

"Ich habe noch nie solche Ringe *dort* gesehen."

Tor fing ebenfalls an, seinen Schwanz zu streicheln. "Die Männer auf der Erde haben keine gepiercten Schwänze?"

"Doch, ein paar. Aber es ist eher ungewöhnlich."

"Hier bei uns ist es üblich so. Es gehört zum Erwachsenwerden dazu."

"Glaub mir, du wirst es lieben." Lev trat an mich heran und streichelte mit seinen Fingerknöcheln über meine Wange. Ich musste meinen Kopf zurückkippen und das half mir dabei, nicht unaufhörlich auf seinen Schwanz zu starren, aber ich konnte spüren, wie er hart und dick gegen meinen Bauch drückte, der Ring war zuerst kühl und wurde dann wärmer.

"Wir müssen dich ficken, Leah. Jetzt."

"Weil ihr so scharf seid?" fragte ich. Im Ernst, gab es denn nicht einmal ein Vorspiel?

"Weil du hier nicht sicher bist, bis du mit unserem Samen markiert wurdest."

Das klang dermaßen lächerlich, dass ich fast wieder lachen musste, aber den drei Männern schien überhaupt nicht nach Späßen zumute zu sein. Trotzdem hakte ich nach. "Ernsthaft?"

Diesmal runzelte Lev die Stirn. "Deine Sicherheit kommt an erster Stelle."

"Ihr drei seid nackt und wichst eure Schwänze und wollt mir etwas von Sicherheit erzählen. Ich kann mir schlecht vorstellen, was das etwas mit eurem *Samen* zu tun haben soll." Ich hielt meine Hand hoch. "Falls ihr mich ins Bett bekommen wollt, dann ist das nicht die richtige Masche."

Drogan und Tor streichelten pausenlos ihre Schwänze, sie hatten aber beschlossen, sich währenddessen auch noch miteinander zu unterhalten.

"Der Regent hat gesagt, dass die Männer auf der Erde keine Macht in ihrem Samen haben."

"Dann versteht sie vielleicht nicht den Grund für unsere Eile."

Lev blickte weiterhin zu mir und fügte hinzu: "Du musst noch vieles lernen." Er griff meine Hand. "Komm." Er führte mich durch den Raum zu einem Bett, das mir vorher nicht aufgefallen war. Wahrscheinlich hatte ich es nicht gesehen, weil ich über Drogans Schulter hing, als ich hier hereingekommen war. Die Einrichtung des Hauses—wenn man das hier so nannte—war ähnlich der Einrichtung des anderen Gebäudes, in dem ich angekommen war. Es gab

Holzfußböden, die Zimmerdecke war aus Holz, die Wände waren weiß und der Raum war minimal möbliert. Den Kleidungsstücken und dem Zustand der Gebäude zufolge war das hier kein hochtechnologisierter Planet.

Ich stand vor dem Bett und fragte mich, was die Männer mit mir anstellen würden. Nicht einer, nicht zwei, sondern drei!

"Ich werde dir einige Dinge über Viken erzählen." Lev stand hinter mir und legte seine glutheißen Hände auf meine Schultern, seine Hitze strömte durch das dünne Kleid, das ich an hatte in meinen Körper.

"Fass dich kurz." sagte Drogan, seine Stimme klang tiefer und sein Schwanz ... war er etwa noch größer geworden?

Lev beugte sich vor und flüsterte mir ins Ohr, sein heißer Atem ließ mich erschaudern. "Viken-Männer haben alle Ringe in ihren Schwänzen. Glaub mir, du wirst es sehr genießen. Und unser Samen, der ist sehr wirkungsvoll. Sobald deine Haut damit in Berührung kommt, aber insbesondere dann, wenn er deine Muschi füllt, beginnt unsere Verbindung. Andere Männer werden wissen, dass du zu uns gehörst und er wird dich davon abhalten, den Schwanz eines Anderen zu suchen."

"Anscheinend habe ich ja schon drei Männer. Warum sollte ich einen anderen Schwanz wollen?"

Tor stand zu meiner Linken und lächelte. Seine Hände waren um die Spitze seines Schwanzes geschlungen und seine Augen klebten an meinen Brüsten. "Allerdings."

Lev beugte sich weiter vor und presste seinen Schwanz gegen meinen Hintern. Ich erstarrte, als seine Hände auf meinen Hüften aufsetzten, bevor sie meine Taille erkundeten und dann nach oben auf meine Brüste wanderten. Ich keuchte und wandte mich, ich war noch nicht bereit dafür, bereit für sie. So behutsam seine Hände auf meinem Körper auch sein mochten, seine Armen waren wie Stahlträger, die mich für seine kleine Erkundungstour festhielten. "Falls du diese Behausung ohne unseren Samen in dir und auf dir drauf verlässt, wenn du nicht mit unserem Duft und durch unsere Inanspruchnahme markiert bist, dann kannst du jedem Mann zum Opfer fallen, der dich für sich beanspruchen möchte. Möchtest du mit deinen drei Partnern zusammen sein? Oder möchtest du es lieber mit einem Fremden treiben?"

Es war schon schwierig genug, den drei Männern, denen ich zugeteilt worden war, zu folgen. Ich konnte nicht davon ausgehen, dass es mit einem Mann, zu dem ich überhaupt keine Verbindung hatte, in irgendeiner Weise leichter wäre. Und als ich Drogan unter den ganzen anderen Männern entdeckt hatte, *fühlte* ich definitiv eine Verbindung. Jetzt, als Lev sich gegen meinen Rücken presste und die anderen beiden uns wie hungrige Raubtiere ansahen, spürte ich sie sogar noch deutlicher.

"Ich will keinen anderen Mann."

"Dann ist es an der Zeit, dich zu ficken."

"Aber ... ihr könnt doch nicht einfach von mir erwarten, dass ich mich zurücklege und die Beine spreize?" Ich deutete auf das Bett. "So funktioniert das nicht mit mir."

"Leah," sprach Drogan, als er sich mit dem Daumen noch mehr seines Lusttropfens von der Eichel wischte. "So funktioniert es für uns auch nicht."

"Das ... das ist gut zu wissen." Ich war durcheinander und nervös und froh darüber, dass sie keine brünstigen Bestien waren, aber ein kleines Vorspiel wäre wirklich nicht so schlecht. "Ich bin diejenige, die mit drei Männern klar kommen muss."

Tor stellte sich mir gegenüber und strich mir das Haar aus dem Gesicht, seine Hände ruhten sanft auf meinen Schultern, seine Daumen streichelten meinen Nacken. "Zusammen mit deiner Muschi, deinem Mund und deinem Arsch?"

Die Bilder, die mir plötzlich durch den Kopf gingen ließen mich erschaudern. Ich war noch nicht bereit dafür, aber mein Körper mochte den Gedanken ohne Zweifel.

"Wir werden dich nicht so nehmen ... zumindest heute noch nicht."

Lev küsste meinen Nacken und begann damit, die Knöpfe an meinem Rücken zu öffnen. Ich konnte die Knöpfe nicht sehen, aber ich fühlte, wie einer nach dem anderen geöffnet wurde.

"Ich ... ich habe Angst." gestand ich und biss auf meine Lippe.

"Drei Männer müssen dir beängstigend vorkommen, insbesondere drei Viken-Männer." Lev säuselte hinter meinem Rücken.

"Du bist gerade erst hier angekommen und musst sofort durchgefickt werden. Wir verstehen, wie du dich fühlst, aber du solltest vor uns keine Angst haben. Wir werden dir nur Vergnügen bereiten." Tor küsste noch einmal meinen Rücken. Die Hitze seines Mundes war sanft und doch überaus erregend. Es war eine einfache Geste und ich mochte das viel eher, als aufs Bett geschleudert und genötigt zu werden.

"Wir würden dir nie weh tun. Wir werden niemals zulassen, dass *irgendjemand* dir weh tut." gelobte Lev.

Die anderen stimmten ihm murmelnd zu.

"Ich kann sehen, dass wir dich erregen." kommentierte Tor.

Ich verzog schockiert das Gesicht. "Das kannst du?" Meine Muschi *war* feucht, aber das konnten sie mit Sicherheit nicht wissen.

"Deine Wangen sind rot." sagte Lev. "Deine Nippel sind hart."

Ich blickte an mir herunter; selbstverständlich standen meine Brustwarzen unter dem Stoff meines Kleides ab, also verschränkte ich die

Arme davor. Natürlich sprang mein Dekolleté dadurch fast aus dem Ausschnitt heraus.

"Ist diese Art Kleid auf Viken üblich?" Ich kam mir vor, als wäre ich in einem alten Western gelandet, außer dass diese Männer mit Sicherheit keine Cowboys waren.

"Ja." meinte Drogan. "Von einer Viken-Frau wird erwartet, sich mit anderen zurückhaltend zu geben. Mit ihrem Partner aber soll sie alles andere als zurückhaltend umgehen."

"Mit ihren Partnern." berichtigte Tor.

"Ihr ... erregt mich." Ich blickte jeden von ihnen an, als ich mein Geständnis ablegte. "Es ist aber nicht ganz normal, einfach mal mit drei Fremden zu ficken."

Alle drei blickten zueinander. "Ich spüre deine Zurückhaltung und wir wollen es leichter für dich machen. Ich werde dir die Augen verbinden." Drogan hielt ein langes Stück Stoff hoch und ich biss auf meine Lippe. "Alle drei von uns werden dabei sein und dich berühren, dich verwöhnen, aber du wirst nicht mitbekommen, wessen Mund deine Muschi leckt, wessen Hände deine Brüste fassen und wessen Schwanz tief in dir drin steckt. Wenn du uns drei nicht sehen kannst, wird es vielleicht einfacher für dich sein, es zu akzeptieren."

4

*L*eah

MIT VERBUNDENEN AUGEN? Versuchte er etwa, der Sache einen Hauch Sexappeal zu verleihen? Der Gedanke daran, blind den Männern ausgeliefert zu sein versetzte mich aber nicht in Panik. Im Gegenteil, meine Muschi zog sich bei der Vorstellung zusammen. Ich trug keine Unterwäsche unter dem Kleid; ich konnte spüren, wie der weiche Stoff über meinen nackten Hintern glitt. Seit ich auf Viken angekommen war, verspürte ich ein lustvolles Ziepen in der Gegend um meinen Kitzler herum und es fühlte sich definitiv nicht so an, als würde ich unter dem Kleid noch irgendetwas anhaben. Lev könnte es einfach nach oben ziehen und mich von hinten nehmen. Oder mich hochheben, während Tor mich im Stehen fickte.

Was war verdammt nochmal mit mir los? Ich wünschte mir, sie würden mich packen. Ich wollte, dass sie mich zum Kreischen brachten. Ich verspürte das Bedürfnis, genommen und verwöhnt zu werden, voll und ganz von ihnen beansprucht zu werden. Nur dann würde ich mich hier sicher fühlen, nur dann würde ich mich nicht mehr davor fürchten, auf die Erde zurückgeschickt zu werden.

"Ein ... einverstanden."

Ich befand mich nicht länger auf der

Erde. Die irdischen Gesetze galten hier nicht mehr. Ich war von drei absolut identischen, heißen Männern umgeben, die mich ficken wollten. Warum sollte ich mich ihnen verweigern? Schließlich wollten sie mich nicht nur einmal ficken und dann verschwinden. Sie gehörten mir und ich gehörte ihnen. Ich war ihre Partnerin.

Drogan hielt das Stück Stoff für meine Augen hoch und Tor ging auf den Boden, um vor mir zu knien. Seine Hände hielten mit einer besitzergreifenden Geste die Rundungen meiner Hüften fest. Lev nahm die Enden der Stoffbinde und verknotete das weiche Material hinter meinem Kopf, während Drogans Hände auf meine schweren Brüste wanderten. Lev strich vorsichtig mein Haar beiseite und küsste meinen Nacken. Sie umzingelten mich gänzlich und ich überließ ihnen die Führung. Ich würde noch nicht einmal wissen, wer mich gerade streichelte oder wessen Schwanz in meiner Muschi steckte.

"Niemand ... niemand kann hier hereinkommen?"

"Niemand." flüsterte Drogan und küsste meinen Hals. "Wir werden dich unter uns aufteilen, aber wir werden dich mit niemand anderes teilen."

Als ich nichts mehr sehen konnte, verschärften sich sofort meine übrigen Sinne. Nervös befeuchtete ich die Lippen. Ich konnte ihren Atem hören. Ich konnte ihren Geruch wahrnehmen. Sie rochen nach Wald, aber irgendwie war ihr Duft mysteriös. Als Levs Hand die Knöpfe an der Rückseite meines Kleides vollständig geöffnet hatte, rutsche es von meinen Schultern und fiel herunter wie ein Stück Seide, das eine Statue enthüllte. Der Stoff glitt mühelos über meine Brüste und Hüften und landete auf dem Boden bei meinen Füßen. Die Luft umschmeichelte meine nackte Haut.

"Wir verteilen uns jetzt, damit du nicht erkennst, wer dich gerade berührt."

Einige Sekunden lang ließen sie mich allein dastehen, sie liefen durch den Raum und kamen einer nach dem anderen zu mir zurück. Ich konnte nicht ausmachen, wessen Hände meine Brüste berührten. Ich schnappte nach Luft, als man mich durchknetete und liebkoste und ein Paar Daumen über meine harten, schmerzenden Nippel strichen.

Ein anderes Paar Hände glitt über meinen Bauch, meine Hüften und dann nach unten, an den Außenseiten meiner Beine entlang. Eine Hand fasste mein Knie und ich wurde gedrängt, die Beine weiter zu öffnen. Dieselbe Hand arbeitete sich an der Innenseite meines Schenkels hinauf bis zu meiner Muschi. Er hatte es nicht besonders eilig, aber er trödelte auch nicht herum.

"Dieses Rosa."

"Süße Nippel."

"Volle Schamlippen."

Ich konnte nicht ausmachen, wer was sagte, denn ihre Stimmen klangen identisch, aber ihr prüfender Blick ließ mich vor Unbehagen hin und her tänzeln.

"Ich werde sie jetzt markieren." Ich konnte hören, wie einer von ihnen seinen Schwanz rieb. Trotz meines laut pochenden Herzens konnte ich dieses unverwechselbare Geräusch wahrnehmen.

"Jungs, ich bin mir nicht sicher—"

"Und das hier. Sie ist reich ausgestattet. So weich und glatt."

Jemand fasste mir an den Kitzler und meine Hüften zuckten vor Lust. Es war ein stechendes, grelles und unheimlich erregendes Gefühl. "Oh Gott, was ... was war *das*?"

"Ihr tragt keine Klitorisringe auf der Erde?"

Ich verstummte einen Moment lang, um das, was er da sagte sowie ein weiteres Paar weicher Lippen auf meinem Körper zu verarbeiten. Einen Klitorisring? Ein Finger glitt über meine Muschi.

"Ich hab' keine Schamhaare." sagte ich mehr zu mir selbst als zu den drei Männern, als ein Finger ungehindert über mich herüberglitt. Ich war vollkommen kahl. In der Vergangenheit hatte ich meine Muschi rasiert und ordentlich getrimmt, aber das hier war etwas vollkommen anderes.

Der Partner, der vor mir auf den Knien hockte, bearbeitete mich mit seinen Fingern, seinen Lippen und seiner heißen, feuchten Zunge. "Deine Schamlippen fühlen sich glatt an und sie sind sehr blass. Du bist rosafarben, geschwollen und dein süßer Nektar glitzert." Ich konnte mich aber kaum auf seine Worte konzentrieren, denn er küsste saugend meinen neuen Klitorisring. Ich konnte den Ring nicht sehen, hatte aber davon gehört. Ich spürte seine Zunge, die den kleinen Metallring, der in das Häubchen meiner Klitoris eingeführt wurde, umkreiste und daran saugte. Er schnippte sanft mit der Zunge darüber und ein angenehmes, lustvolles Pulsieren breitete sich von dort in meiner Mitte aus. Meine Nippel stellten sich stärker auf und ich rang nach Luft. Mein Kitzler war äußerst empfindlich.

"Ich werde es nicht mehr lange aushalten, sie so zu sehen." sprach einer von ihnen, während er sich weiterhin streichelte. Ich konnte hören, wie seine Faust mit einem fleischigen Gleiten über seinen Schwanz strich, es war das markante Geräusch eines Mannes, der sich selbst befriedigte. Sein Rhythmus wurde schneller und er trat näher an mich heran.

"Ich habe noch nie ... ich meine, dieser Ring, warum?"

Der Mann, der vor mir kniete, spielte weiterhin mit der Zunge an meinem

Kitzler herum und seine Hände wanderten an die Innenseiten meiner Beine. Er schob sie auseinander, um besser Zugang zu mir zu bekommen und mich mit der gesamten Länge seiner Zunge lecken zu können. Er saugte an mir, er fickte und erforschte mich mit der Spitze seiner Zunge.

Als der sinnliche Angriff auf meine Brüste und meine Mitte weiterging, wurden meine Knie weich und ein Paar starker Arme fing mich von hinten auf. Der Mann an meiner Rückseite presste seinen harten Schwanz gegen meinen Arsch, seine tiefe Stimme ertönte in meinen Ohren. "Alle verpartnerten Frauen werden auf diese Art verziert. Der Sex wird dadurch viel besser. Und wichtiger noch, kein Mann wird je daran zweifeln, dass du zu uns gehörst."

"Fass mich an." knurrte die Stimme hinter mir hervor. Ich konnte dem Befehl nicht widerstehen, ich griff hinter meinen Rücken und umfasste mit meiner zarten Hand seinen äußerst dicken und angeschwollenen Schaft. Flüssigkeit sickerte aus der Spitze und lief herunter über meine Finger. Sie war heiß und schlüpfrig und es fühlte sich unbeschreiblich an, als die Flüssigkeit meine Haut berührte. "Fester, Süße. Bring mich zum Kommen."

Ich tat, wie er mir befahl; was sollte ich sonst tun?

Würde ich den Ring in meiner Klitoris beim Gehen spüren? Würde er mich etwa ständig in Erregung versetzen?

"Drück mich fester. Jetzt!" knurrte er.

Ich spürte, wie der Schwanz in meiner Hand zuckte und dickflüssiger Samen in Schwallen aus seinem geschwollenen Schaft floss und auf meinem Arsch und unteren Rücken landete. Das Sperma war warm. Schub für Schub landete es auf mir. Als er fertig war, atmete er einmal tief aus und die drei erstarrten, als würden sie auf meine Reaktion warten. Nie zuvor war mein

Körper mit einer nassen Spur aus Sperma markiert worden.

Ich ließ seinen Schwanz los und obwohl er soeben seine Essenz entleert hatte, war er immer noch hart. Seine Hände wanderten von meiner Taille zu meinem Hintern und schmierten meine Pobacken mit seinem Samen ein, als wäre es eine Lotion. "Spürst du es?" flüsterte er.

Ich runzelte die Stirn und dachte mir, dass das ein bisschen merkwürdig sei. Die meisten Männer würden ein Tuch nehmen, um den Samen von mir abzuwischen, aber er beschmierte meinen Arsch damit und glitt sogar nach unten, um mit seinen glitschigen Fingern in meine Falten zu gehen und unsere Säfte miteinander zu vermischen.

Wo auch immer er mich berührte, vernahm ich ein warmes Glühen. Es war, als ob er mich mit einem Medikament einreiben würde, das meine Haut erwärmen sollte. Zwischen meinen Beinen fühlte es sich sogar noch heißer an und mein Kitzler zog und pochte. Ich konzentrierte meine gesamte Aufmerksamkeit auf seine langen, stumpfen Finger—die mit seinem glitschigen Samen bedeckt waren—und sanft zwischen meinen Beinen und meinem Arsch hin und her glitten.

Der Mann vor mir saugte kräftig an meinem Kitzler, der andere führte seinen heißen Mund mit einem sanften Biss an meine Brustwarze und meine Knie wurden wieder weich. Ich konnte *spüren*, wie sich etwas in meinem Körper ausbreitete und wie eine Droge durch meinen Blutkreislauf strömte. Aber ich war nicht auf Droge, sondern ich war erregt. Bedürftig. Leer.

"Ich falle."

Mit einer raschen Bewegung nahm mich der Partner hinter mir in die Arme. Diesmal hob er mich nicht über seine Schulter, sondern trug mich zum Bett, um mich behutsam darauf abzulegen. Die Decke fühlte sich kühl unter meiner aufgeheizten Haut an. Irgendetwas passierte gerade mit mir. Wenn ich früher mit einem Mann zusammen war, brauchte es Zeit und jede Menge Vorspiel, bis ich ausreichend erregt wurde, um Sex zu haben und selbst dann musste ich mich selber berühren, um zu kommen. Ich hatte zuvor nur zwei Liebhaber gehabt und war nie ohne Nachhelfen zum Höhepunkt gekommen. Ich musste immer selbst Hand anlegen.

Als ich nun aber mit verbundenen Augen da lag, spürte ich die unwiderstehliche Anziehungskraft dreier Krieger, die sich an mich heranmachten. Ich fühlte mich klein, hilflos und vollkommen ausgeliefert. Ich stellte mir auf ihren Gesichtern denselben düsteren Gesichtsausdruck vor, voller Lust und Hunger und unnachgiebiger Begierde. Als ich einfach so da lag, war ich dem Orgasmus näher, als ich es je mit einem anderen Mann gewesen war—und sie hatten mich kaum angefasst.

"Der Samen entfaltet seine

Wirkung." kommentierte einer von ihnen. Er griff nach meinen Sprunggelenken und zog mich übers Bett, sodass ich direkt an der Bettkante lag. Er ging auf die Knie und spreizte meine Oberschenkel weit auseinander und legte erst ein und dann mein anderes Bein über seine Schultern.

"Die Männer im Sektor Drei lieben es, Muschis zu lecken." Mit den Daumen strich er über meine geschwollenen Schamlippen. "Bei mir ist es nicht anders, Süße. Deine Muschi gehört jetzt mir."

Er senkte den Kopf und fuhr mit seiner feuchten Zunge an meiner Spalte entlang. Schließlich schnippte er an meinem Klitorisring.

Als die feste Zunge in meine Muschi mit einem schnellen, entschlossenen Stoß eindrang, fiel ich mit einem sanften Stöhnen auf das Bett zurück. Die Augenbinde versperrte mir weiterhin die Sicht, als mein Partner mit dem Mund meine Mitte bearbeitete und ein anderer sich an mich heran lehnte und mir sein Versprechen an den Mund flüsterte. "Wir werden dich ficken, Leah. Wir alle drei. Aber erst, wenn du für uns gekommen bist."

"Aber—"

Das intensive Lustgefühl der Zunge auf meinem Kitzler war einfach zu viel. Als er einen Finger in mich hineingleiten ließ, verkrampfte ich mich; ich verspürte ein übermächtiges Verlangen, gefüllt zu werden. Als schließlich seine Lippen meinen Kitzler umschlossen und fest daran saugten und er seine Finger in mir bewegte um meinen G-Punkt zu stimulieren— Himmel, ja! Ich hatte einen G-Punkt— schob sich meine Hüfte nach vorne und ich schrie vor Lust. Ich schrie laut.

Was war nur mit mir los? Ich hatte diese Männer eben erst kennengelernt, ich war nackt und lag mit weit gespreizten Beinen da, während einer von ihnen meine Muschi leckte. Drei Männer! Ich war eine Schlampe.

Irgendetwas war beim Transport schief gelaufen und hatte mich in ein vollkommen schamloses Flittchen verwandelt. Aber die Art und Weise, mit der mein Partner mich mit seinem Mund gekonnt dem Höhepunkt näher und näher brachte, ließ mich den letzten Funken Anstand, den ich noch hatte, vergessen.

"Es ist so gut." stöhnte ich.

"Nur gut?" wurde ich gefragt. "Wir machen es besser als das."

Ihrem Tonfall nach klang es, als hätte ich sie beleidigt. Eine große Hand fuhr in mein Haar, sie verdrehte und windete sich, bis mein Kopf mit einem leichten, schmerzenden Wimmern nach hinten zog. Anstatt mich zu wehren, drückte ich meine Brust mit einem zarten Schrei nach oben. Ich wollte mehr. Ich brauchte mehr. Als würden sie meine Gedanken lesen, setzte eine zweite Hand auf meiner Kehle auf und drückte sanft zu. Es war nicht bedrohlich, sondern ein besitzergreifender Griff; eine Forderung, ihnen zu vertrauen.

Ich hätte Angst bekommen müssen, ich hätte darum flehen müssen, dass sie aufhörten, aber ihre Berührung machte mich nahezu wahnsinnig. Ich verlor ganz sicher den Verstand. Ein Partner streichelte mit seinem Mund und mit seinen Fingern meine Mitte und ich ließ mich komplett gehen, als ein heißer Mund nach meinen Brustwarzen schnappte, an ihnen saugte und zog. Sie drückten mich nach unten; ich konnte nichts sehen oder mich ihnen widersetzen. Ich konnte nichts tun, außer mich gehen zu lassen.

Ich kam. Ich schrie. Ich fiel in mich zusammen. Und ich rappelte mich wieder auf.

Es fühlte sich an, als hätte ich meinen Körper verlassen. Meine Lust war so unglaublich. Sie war grell, heiß und blendend, obwohl meine Augen verbunden waren. Die Männer ließen nicht von mir ab. Sie gaben mir keinen

Augenblick Zeit, um mich zu erholen, denn ihre Münder hörten nicht mehr auf und diese breiten und sündhaft talentierten Finger machten sich weiter daran, tief in mir hin und her zu gleiten.

Auf meiner Haut brach Schweiß aus. Mein Herz hämmerte in meiner Brust. Ich konnte kaum normal atmen, als sie mich erneut in Besitz nahmen.

Während ich willenlos und erschöpft dalag, wurden meine Beine von den Schultern meines Partners heruntergehoben. Mächtige Hände schoben meine Knie zurück zu meiner Brust und ein weiteres Paar Hände umfasste meine Oberschenkel und hielt mich weit geöffnet, um mich zu ficken. Ich spürte einen Schwanz am Eingang meiner Scheide, der Metallring glitt über meine empfindliche Haut, als ich gedehnt und langsam ausgefüllt wurde. Die Krümmung des Rings rieb eine empfindliche Stelle in meiner Muschi, die einer meiner Partner zuvor mit seinen Fingern aufgeweckt hatte. Meine

Muschi war angeschwollen und eng und so feinfühlig, dass ich mir das Stöhnen nicht verkneifen konnte.

"So voll." flüsterte ich. Mein Mund fühlte sich meinem lustvollen Geschrei vollkommen trocken an.

Ich hatte keine Ahnung, wer mich gerade fickte und aus irgendeinem Grund machte mich diese Ahnungslosigkeit heißer, als ich es je in meinem ganzen Leben gewesen war. Ein Mund nahm den meinen mit einem glühenden Kuss. Er tat es nicht sanft und beherrscht. Ich drehte meinen Kopf zur Seite, um ihn besser zu erfassen und seine Zunge glitt in mich hinein. Ich kostete ihn. Sein Mund schmeckte süß und nach Moschus, er war einfach unwiderstehlich. Ich versuchte, mit den Händen seinen Kopf zu berühren und sein Haar zu erforschen, um herauszufinden, wer mich gerade küsste und wer an meinen Brüsten knabberte.

Aber ich wurde zurückgehalten. Ein kräftiges Paar Hände fasste meine

Handgelenke und drückte sie über meinem Scheitel aufs Bett, während einer der Brüder mit seinem riesigen Schwanz in meine Muschi eindrang und mich fickte, bis mein Kopf hin und her rollte und ich darum bettelte, dass sie meinen Kitzler streichelten, damit ich erneut kommen und etwas Erleichterung finden könnte.

Der Mann, der mich fickte legte die Hände auf die Rückseiten meiner Oberschenkel und übernahm die Aufgabe, mich weit offen zu halten damit die anderen meine Brüste fassen konnten und an meinen Brustwarzen ziehen und zupfen konnten. Ein Paar Hände griff nach meinem Arsch und spreizte mich für einen anderen Bruder auseinander, damit dieser mich ficken konnte. Feste Finger bohrten sich in mein Fleisch und hielten mich genau da, wo sie mich haben wollten. Ich wusste nicht, wer von ihnen mich fickte und das machte es einfacher für mich; so wie sie es gesagt hatten.

Die lauten Sexgeräusche erfüllten die feuchte Atmosphäre des Raumes. Man hörte das feucht rutschende Geräusch eines Schwanzes, der aus meiner Muschi ein und aus glitt. Ihre schweren Atemzüge vermischten sich mit meinem Stöhnen und meinen Lustschreien.

"Sie ist so eng." Dieser Satz bewirkte, dass sich meine Muschi um den Schwanz, der tief in mir drin steckte, noch fester zusammenzog. Der Metallring rieb an mir und mein Klitorisring wurde jedes Mal gestoßen, wenn ich aufs Neue gefüllt wurde. Ich stand kurz davor, erneut zu kommen. Diesmal fühlte es sich anders an. Es war stärker. Ich fasste mich nicht selber an, was außergewöhnlich war. Unter den Lippen meines Partners war ich zweimal gekommen und ich würde wieder kommen, und zwar sehr bald und allein vom Ficken.

"Es ist ... oh Gott, es ist so gut." Ich

atmete in den heißen Mund hinein, der mich küsste.

"Komm, Leah. Ich will spüren, wie du um meinen Schwanz herum kommst." Die laute Anweisung kam von dem Mann, der mich fickte; sein Befehl war streng und eindringlich.

Mehr war auch gar nicht nötig. Die Worte gaben mir den Rest und ich drückte den Rücken durch, als ich erneut kam, der Mund meines anderen Partners erstickte meine Lustschreie. Der Schwanz, der mich ausfüllte, gab nicht nach, sondern bewegte sich schneller und mit einem schonungslosen Rhythmus. Er stieß ein letztes Mal zu und verweilte tief in mir drin, während mein Atem stockte. Als ich spürte, wie sein Samen die Wände meiner Muschi auskleidete und mich mit einem heißen, langgezogenen Schwall ausfüllte, musste ich noch einmal kommen. Ich konnte den Samen spüren, wie er hitzig in die Tiefen meiner Muschi preschte und das Gefühl, von innen überströmt zu werden war überaus intensiv.

Sekunden später ließen die Hände, die meine Schenkel an Ort und Stelle hielten, von mir ab. Der Schwanz glitt langsam aus mir heraus und meine Partner widmeten sich meiner vernachlässigten Brustwarzen, sie zerrten und saugten an mir, bis ich aufstöhnte und ich war entsetzt, als sich das Bedürfnis zu kommen dieses Mal sogar noch schneller in mir aufbaute. Ein Schwall Sperma folgte dem Schwanz meines Partners, der Samen lief aus meiner Muschi und tropfte nach unten über meinen Arsch.

Ich keuchte und versuchte, meine Beine runter aufs Bett zu bekommen. Ich hatte keine Chance.

"Wir sind noch nicht fertig, Leah." Der Partner, der mich küsste wechselte mit seinem Bruder die Position und ging zwischen meine Schenkel. Als sein dicker Schwanz mich erneut füllte, wandte ich mich hin und her und versuchte verzweifelt, den überwältigenden Empfindungen in meinem Körper zu entkommen. Ich hatte seit einer Weile keinen Liebhaber mehr gehabt und die Schwänze dieser Männer waren enorm. Ich war einen solchen Eifer und dermaßen ausgiebige Aufmerksamkeiten nicht gewohnt.

"Halt still." Mein Partner legte sich neben mich, seine Hand glitt an meine Kehle und diese Geste ließ mich aus Unterwürfigkeit erzittern. Sein Bruder biss meine Brustwarze, seine Hand fixierte meine Handgelenke über meinem Kopf und ein riesiger Schwanz drang tief in mich ein, bis er den Eingang meiner Gebärmutter bis zur Schmerzgrenze bedrängte.

Er zog heraus und stieß erneut tief in meine Muschi hinein, seine Eier rieben meinen Arsch und die Spitze seines Schwanzes traf meinen Uterus wie eine Explosion in meiner Mitte. Meine Muschi brannte mit dem Samen des ersten Partners, die chemischen

Substanzen, die sie erwähnt hatten, strömten blitzartig durch meinen Blutkreislauf. Ich hielt diese Vorstellung für blanken Unsinn, konnte die Wirkung in diesem Moment aber nicht bestreiten. Ich konnte mich nicht bewegen. Ich konnte nicht mehr klar denken.

Er fickte mich hart und schnell, ohne jede Finesse, nur mit einer rohen, animalischen Lust, die mich so rasant an den Abgrund brachte, dass ich nur noch schreien konnte. Dann pulsierte auch er in meinem Inneren, sein riesiger Schwanz füllte mich mit mehr Samen und noch mehr Wonne.

Oh Gott, ich würde vor lauter Orgasmen verrecken.

Er ließ von mir ab und ich wusste, dass wir noch nicht fertig waren. Meine Hände waren wieder frei und ich biss meine Lippe in der Erwartung, dass der dritte Schwanz mich ausfüllen würde. Stattdessen aber keuchte ich, als ich mühelos auf den Bauch gerollt wurde, ein Kissen unter meine Hüften geschoben wurde und mein Arsch schließlich in die Höhe ragte.

"Ich glaube nicht, dass ich noch mehr aushalten werde." raunte ich. Die Kühle der Decke erquickte meine Wange und meine sensiblen Brustwarzen.

Ein lauter Knall erfüllte den Raum, bevor ich den Stich auf meinem Hintern spürte. Ich erschrak, dann aber glitt ein Schwanz zwischen meine nassen Falten und nagelte mich an Ort und Stelle fest.

"Du hast mich geschlagen!" Ich wusste nicht, welchen der Brüder ich gerade anschrie.

"Du wirst alles annehmen, was wir dir anbieten."

Von hinten rieb der Ring an seinem Schwanz meine Muschi an einer anderen Stelle und entlockte mir neue Reaktionen. Dieser Bruder ging nicht behutsam vor, aber ich war so schlüpfrig vor lauter Samen und vor lauter Erregung, dass das auch gar nicht notwendig war. Er fickte mich heftig, seine Hüften schlugen gegen meinen

Arsch. Eine Hand strich über mein Haar, eine andere Hand glitt über meinen Rücken. Finger ergriffen erneut meinen Arsch und kneteten mein weiches Fleisch, sie zogen meine Mitte für sein Vergnügen und nach seinem Belieben weiter auseinander.

Ich stand kurz davor, schon wieder zu kommen. Ich war den Händen, die mich berührten, dem Schwanz, der mich ausfüllte und den lüsternen Worten, die sie mir zuflüsterten komplett ausgeliefert. Es war der Finger, welcher zuerst hauchzart und dann mit festem Druck über mein Poloch fuhr, der mir den Rest gab. Da ich überall mit schlüpfrigem Samen bedeckt war, rutschte der Finger mühelos in mich hinein. Zuerst zuckte mein gesamter Körper krampfartig zusammen, dann entspannte ich mich und gab mich dem Vergnügen hin, welches mich nach und nach erfüllte. Ein Schrei blieb in meiner Kehle stecken, ein kräftiger Atemzug hielt das Geräusch in meiner Lunge gefangen. Mit den Fingern griff ich nach dem Bettzeug. Die Bettdecke und die Hände, die meinen Arsch festhielten, waren das einzige, was mich nicht den Boden unter den Füßen verlieren ließ. Ich war losgelöst und bereit, davon zu schweben.

Niemals zuvor hatte ich irgendetwas in meinem Arsch stecken gehabt. Aber innerhalb meiner ersten Stunde auf Viken steckte schon ein Schwanz in meiner Muschi und ein Finger glitt aus meinem Poloch ein und aus. Ich umschloss beide und versuchte, sie in mir zu halten, sie eventuell noch tiefer in mich hineinzuziehen. Ich spürte, wie der Schwanz in mir dicker wurde, bevor eine weitere Ladung Samen in mich hineinfloss. Er stöhnte—ich wusste nicht, wer von ihnen es war—und sicher würden mich später ein paar blaue Flecken an meinem Hintern an seinen festen Griff erinnern.

Erneut wuschelte eine Hand durch mein Haar, sie zog meinen Kopf vom

Bett zu seinem Bruder, der mir mit einem Kuss die Luft nahm und seine Zunge tief in meinen Mund tauchte, genau wie sich der Schwanz in meiner Muschi rein und wieder herausschob. Sie ließen keine Stelle meines Körpers unberührt. Nichts war vor ihnen sicher. Kein Körperteil gehörte nur mir. Dieser Körper gehörte nicht länger mir. Er gehörte ihnen, meinen Partnern.

Ich war gesättigt, mehr als voll, aber irgendwie zwangen sie mich, noch einmal zu kommen. Es war ein sanfter, wogender Orgasmus, der mich vollkommen überraschte. Ich stöhnte, als endlose Wellen des Vergnügens durch mich hindurch strömten.

Langsam zog sich der Schwanz aus mir zurück und noch einmal glitt der Schwanzring über empfindsames Gewebe. Der Finger schlüpfte aus meinem Poloch. Meine Augen waren weiterhin verbunden, als zwei große Hände mich fest hielten und sanft meinen Rücken liebkosten. Ich war froh darüber, mich ausruhen zu können und ich fühlte mich mehr als verbraucht, aber ihre anhaltende Zärtlichkeit tröstete mich.

"Gut, der Samen bleibt drin."

Ich war viel zu erschöpft, um ihrer Unterhaltung zu folgen. Meine Augen schlossen sich und ihre Hände streichelten mich, als konnten sie nicht die Finger von mir lassen.

"Glaubst du, dass diese Ladung Samen Wurzeln schlagen wird?"

"So leicht wird es nicht sein, oder?"

"Der Samen wirkt bereits. Sie ist jedes Mal gekommen. Die Verbindung ist solide."

"Ihr Körper zieht den Samen in ihre Gebärmutter."

"Legen wir ihre Hüften für eine Weile nach oben."

"Sie soll keinen einzigen Tropfen verlieren."

Ich konnte nicht ausmachen, wer was sagte und es kümmerte mich auch nicht. Ohne weiter darüber nachzudenken, schlief ich ein. Ich hatte drei Männer, die mich wollten, die mich gern hatten und die mehr als erpicht darauf waren, mich zu ficken. Vielleicht würde es auf Viken gar nicht so schlecht für mich laufen.

5

*L*ev

WIR WACHTEN über ihren Schlaf und blieben auf dem Bett sitzen, damit wir sie weiterhin berühren konnten. Jeder von uns zog sich einzeln wieder an, während die anderen beiden bei ihr blieben. Wir hatten stillschweigend beschlossen, dass wir sie nicht eine Minute lang allein und ohne Körperkontakt ruhen lassen würden. Ich konnte die Verbindung, die wir jetzt miteinander teilten, deutlich spüren. Es war, als ob ein verlorener Teil von mir, von dem ich nichts geahnt hatte, wieder aufgetaucht wäre. Der Gedanke, dass sie von mir getrennt sein würde, beängstigte mich zutiefst. Obwohl sich die Wirkung des Samens bei unserer Rasse entwickelt hatte, um eine Frau an uns zu binden, war die Bindung stark genug, dass meine Brust und mein Schwanz gleichzeitig schmerzten. Mein Schwanz pochte und war bereit dazu, sie erneut zu nehmen.

Das musste aber erstmal warten. Sie war erschöpft, entweder vom Transport oder vom Sex. Ihre roten Wimpern ruhten auf ihren blassen Wangen, während sie auf dem Bauch lag, ihr Hintern ragte in die Höhe. Rote Handabdrücke markierten ihre helle Haut als ein vorübergehendes Zeichen unserer Herrschaft über sie.

Es war schwer, nicht erneut mit ihr ficken, denn ihr voller Arsch und ihre sehr rosafarbene, dick geschwollene

Muschi waren sehr gut zu sehen. Nur ein bisschen Samen klebte an ihren Vertiefungen. Ihre Hüften oben zu behalten hatte sicherlich bewirkt, dass unser Samengemisch tief in ihrer Gebärmutter verblieb und sicherstellte, dass sie nicht nur rasch schwanger würde, sondern auch, dass die Kraft unseres Samens von ihr Besitz ergriff. Ich wollte wieder meinen Schwanz reiben, ihn in die Hand nehmen und meinen Samen nochmals über ihre blasse Haut träufeln lassen, meine Essenz und meinen Duft über jeden Zentimeter ihres Körpers verteilen, sodass sie mir und nur mir gehörte.

Aber das würde sie nicht glücklich machen. Sie benötigte uns alle drei zum Ficken und um sie mit unserem Samen zu markieren. Sie mochte es, wenn man es ihr behutsam besorgte. Sie hatte es gerne, wenn man ihre Muschi leckte. Sie genoss harten Sex. Sie passte tatsächlich zu uns allen dreien. Ich konnte dasselbe rasende Verlangen, denselben Beschützerinstinkt, den ich jetzt für diese Frau verspürte in meinen Brüdern erkennen. Sie hatte auf jeden von uns reagiert, sie war eine ungestüme und lüsterne Geliebte, die nach unseren drei Schwänzen gierte. Jeder von uns würde sterben um sie zu beschützen, und kein Krieger nahm diesen Schwur auf die leichte Schulter.

Laute Schreie außerhalb des Gebäudes waren das erste Anzeichen, dass irgendetwas nicht stimmte. Augenblicklich standen wir auf, unsere Haltung signalisierte Kampfbereitschaft und unsere Sinne richteten sich auf eine mögliche Bedrohung aus. Drogan lief zum Fenster und blickte nach draußen. "Pfeile. Sie schießen mit Pfeilen." Die erste Explosion weckte unsere Partnerin auf, sie wälzte sich auf dem Bett. Drogan machte auf dem Absatz kehrt und starrte mich mit zusammengekniffenen Augen und verbissenem Kiefer an. "Warum zum Teufel wird Viken United vom Sektor Zwei angegriffen?"

Er ging wieder vom Fenster weg und blieb vor mir stehen. Sein Kiefer verkrampfte sich genauso fest wie seine geballten Fäuste.

"Wir greifen nicht an. Das würden wir nie tun." Ich trat näher an Drogan heran. Ich ließ mich von ihm nicht einschüchtern.

"Warum fliegen dann hunderte Tarnpfeile auf der Suche nach menschlichen Zielen durch die Gegend? Warum feuern deine Artilleriemannschaften auf die Gebäude hier?"

Ich ging ans Fenster um zu prüfen, was er da von sich gab. Tatsächlich waren es Tarnpfeile, die nur von meinem Sektor verwendet wurden.

"Sektor Zwei ist der einzige Sektor, der programmierbare Tarnpfeile verwendet." knurrte Tor. "Was willst du damit bewirken? Dich aus der Verpartnerung heraus stehlen? Einen von uns töten? Oder Leah für dich ganz alleine behalten?" Er deutete mit dem Kinn auf unsere Partnerin.

Leah rührte sich erneut, sie wachte aber noch nicht ganz auf. Wir hatten sie an den Rand der Erschöpfung gebracht. Auch wenn wir behutsam vorgegangen waren, mit drei Männern zu ficken war ermüdend. Jetzt, als wir in Gefahr waren, schien sie viel zu schwach und verletzlich zu sein.

"Falls du damit nicht einverstanden bist, dann hättest du der Sache nicht zustimmen sollen, bevor wir sie gefickt haben." fügte Drogan hinzu.

Ich stürmte zum Fenster zurück, Tor folgte mir. Ein Schwarm schwarzer Pfeile schwebte in der Luft und wartete darauf, alles, was sich auf dem Boden regte zu durchbohren. Mehrere Pfeile waren mit roten Spitzen versehen, sie würden beim Einschlag explodieren. Aber das waren nicht meine Pfeile und nicht meine Männer, die sie abfeuerten. "Warum sollte ich so etwas tun? Wenn ich eine eigene Partnerin haben wollte, dann hätte ich es auch so gesagt. Keiner von euch hätte dagegen Einwände gehabt."

"Ja, aber das war, bevor wir sie zu Gesicht bekommen haben, bevor wir sie gefickt haben." kommentierte Tor, während er über die Schulter zu Leah blickte, die sich erneut umdrehte. "Mein Samen ist jetzt in ihr drin, genau wie der deine. Sie gehört mir und ich werde sie nicht aufgeben."

Sie erwachte mit einem leisen Gähnen und rieb sich die Augen, bevor sie bemerkte, wie entblößt sie war. Hastig richtete sie sich auf, sie zog das Bettlaken nach oben und um ihren Körper herum. Ärgerlich stieß sie das Kissen, auf dem sie gelegen hatte beiseite.

Mit ihrem jetzt verhüllten Körper, ihrem zerzausten Haaren und ihrer blassen Haut, die durch unsere Zuwendungen immer noch leicht errötet war, wirkte sie dekadenter und verführerischer denn je. Das weiße Laken brachte das helle Leuchten ihrer geschmeidigen Haut und das dunkle, seidige Rot ihrer Haare nur noch mehr zum Vorschein. Sie musterte das Zimmer und hielt das Laken fest, um damit ihre Brüste zu bedecken. "Was ist hier los?"

"Sektor Zwei ist dabei, Viken United anzugreifen."

Sie machte große Augen, als sie vom Bett rutschte und auf uns zulief. "Was bedeutet Sektor Zwei?"

Sie war vom Dekolleté abwärts bedeckt, nur ihr schlankes Bein ragte hervor, als sie lief. Ihre Schultern lagen frei und ich sehnte mich, sie dort zu küssen. Drogan packte sie und schob sie hinter sich. "Komm nicht ans Fenster!"

"Verdammt, das ist nicht Sektor Zwei!" wiederholte ich. Ich fuhr mit einer Hand durch mein Haar. "Überlegt doch einmal, Brüder. Wir wussten nicht, was der Regent vorhatte, bis wir hier angekommen waren. Er hat uns erst kurz vor ihrem Transport darüber informiert."

"Was bedeutet Sektor Zwei?" Leah wiederholte ihre Frage.

"Das ist dort, wo ich herkomme."

Tor und Drogan hielten inne und ich argumentierte weiter. Wenigstens waren sie bereit, mich anzuhören. Das war schon mehr, als sie mir zugestanden hätten, bevor wir uns eine Frau geteilt hatten.

"Warum würde ich einen derartigen Plan schmieden? Überdenkt das Ganze strategisch. Die Pfeile gehören offensichtlich zum Sektor Zwei. Falls ich angreifen würde, dann würde ich mit Sicherheit eine andere Waffe verwenden, um jemand anderem die Schuld zuzuweisen. Vielleicht hat einer von euch beiden das Ganze geplant und versucht, mich in den Angriff zu verwickeln."

Sie schauten sich an.

"Jemand gibt sich als Angreifer vom Sektor Zwei aus, um uns weiterhin gegeneinander aufzubringen." sagte Drogan.

Davon ging ich auch aus. "Falls wir uns gegenseitig bekriegen, dann können wir Leah nicht begatten. Die Allianz zwischen unseren Sektoren würde scheitern."

Wir blickten zu unserer Partnerin, verstrubbelt und gut durchgefickt lugte sie hinter Drogans breitem Rücken hervor.

"Sie könnte jetzt schon ein Kind tragen." kommentierte Tor. "Wir haben genug Samen in sie hineingepumpt."

"Begatten?" Sie trat hinter Drogans Rücken hervor. "Was meint ihr mit begatten?"

Offensichtlich wurden die Frauen auf der Erde nicht wie bei uns auf Viken begattet.

"Du wirst den rechtmäßigen Herrscher von Viken austragen." erklärte ihr Tor.

Sie trat gänzlich hinter Drogan hervor. "Ihr habt mich also wie eine Zuchtstute gefickt, weil ihr ein Kind für eine dämliche Allianz zeugen wollt und nicht, weil ihr mich wolltet?"

Ihre Worte waren voller Schmerz und Zorn. Ich las ihre Enttäuschung und die Erniedrigung in ihren Augen und in der Art, wie sie die Schultern hängen ließ.

"Ich weiß nicht, was eine Zuchtstute ist, aber es hört sich nicht schmeichelhaft an. Wir wollten dich ficken, Leah." sprach ich und trat einen Schritt näher. Ohne uns anzuschauen, wich sie zurück.

"Himmel, die Männer sind überall gleich." murrte sie. "Ich bin von der Erde geflüchtet, um einem Dreckstück von einem Mann zu entkommen, der mich als sein Eigentum betrachtete und jetzt habe ich gleich drei davon."

"Es ist jetzt gerade nicht der passende Zeitpunkt, um es dir zu erklären." entgegnete Drogan. "Das hier ist dringender als der Plan des Regenten, es sei denn, er wusste von einer

Hinterlist der Rebellengruppen oder von einem neuen Feind."

"Ein Feind, der vorgibt, vom Sektor Zwei zu kommen." sagte ich.

"Dann sind wir uns also einig?" Tor schaute zu uns und wir blickten uns mit identischen Gesichtsausdrücken an. Frustration, Ärger und der Drang, Leah zu beschützen.

Schutz. Das war es. "Sie wollen Leah."

Tor und Drogan schwiegen kurz. "Das wäre ein hervorragender Grund, damit wir uns gegenseitig an die Gurgel gehen." fügte Tor hinzu.

"Wer?" fragte sie. "Wer will mich?"

Abgesehen von den drei Männer, die ihre Partner waren? Abgesehen von den drei Männern, die sie gefickt hatten und ihr ihren Samen gegeben hatten? Abgesehen der drei Männer, nach deren Samen sie sich schon bald innig sehnen würde?

"Das wissen wir nicht, aber es ist unsere Pflicht und unser Privileg, dich zu beschützen." versprach ihr Tor.

"Ja." Drogan stimmte ihm zu.

"Wir befürchten, dass du das Ziel der Rebellen geworden bist, die sich weiterhin einen verfeindeten Planeten wünschen und die nicht möchten, dass du einen rechtmäßigen Thronfolger zur Welt bringst." führte ich aus.

Tor ging zum Fenster und zog das Rollo herunter. "Wir müssen uns aufteilen und Viken United verlassen."

Viken United war neutrales Gebiet. Eine kleine Stadt, die auf einer Insel lag und es den Sektoren ermöglichte, friedliche Treffen abzuhalten. Die Vertreter der Sektoren trafen sich nur selten und ich hatte bis zum heutigen Tag nie meine Brüder kennengelernt. Vielleicht war es, dass wir identisch waren oder vielleicht war es aufgrund unseres gemeinsamen Zieles, aber insbesondere durch die Macht unseres Samens spürte ich, wie sich unsere Differenzen verflüchtigten. Bisher war es unser Hauptanliegen gewesen, als gute und verantwortungsbewusste Anführer unserer Sektoren zu fungieren. Und jetzt? Jetzt setzten wir uns gemeinsam für Leah ein.

"Ja, wir können wieder zusammenkommen, an irgendeinem neutralen Ort, wo niemand die Anführer der Sektoren oder ihre Partnerin erkennen wird." Ich sprach und lief dabei auf und ab, Leah beobachtete uns voller Sorge und mit traurigen Augen.

"In einem Vorbereitungszentrum für Viken-Bräute?" Tor unterbreitete den Vorschlag und je länger ich darüber nachdachte, desto besser hörte es sich für mich an.

"In einer Fickhütte?" Der Spitzname hatte sich durchgesetzt, denn jeder Mann auf dem Planeten wusste genau, was in den isolierten Hütten auf dem Gelände eines Trainingszentrums vor sich ging. Die Frauen wurden dort vorbereitet, versohlt und gefickt, bis sie sich unterwarfen. Die Vorstellung, Leah dorthin zu schaffen, sie festzubinden, ihren Arsch für eine saftige Runde

Hintern versohlen in die Luft ragen zu lassen, ihre Beine für meinen Schwanz weit auseinander zu spreizen ... bei dem bloßen Gedanken musste ich meinen Schwanz in meiner Hose richten. Im Sektor Zwei dominierten wir unsere Frauen, wir erfüllten alle ihre Bedürfnisse und kümmerten uns auch um ihre dunkelsten Sehnsüchte. Wir stellten sicher, dass sie nie an einen Anderen dachten, niemals einen anderen Mann brauchten und dass keine ihrer geheimen Fantasien unerfüllt blieb. Ich konnte es kaum erwarten die düsteren Fantasien zu erforschen, die hinter Leahs unschuldigen Augen schlummerten.

Die Viken bauten Trainingszentren, die oft von Kriegern in Anspruch genommen wurden, wenn diese von der Front im Krieg gegen die Hive aus den Tiefen des Weltalls zurückkehrten. Die Viken-Krieger dienten auf den interstellaren Schlachtschiffen. Sie bekämpften die Hive, wie die Krieger aller anderen Mitgliedsplaneten es auch taten. Obwohl in der Vergangenheit weniger Krieger entsendet wurden, befanden sich immer noch behände und qualifizierte Männer an den Fronten. Krieger, denen eine Belobigung ausgesprochen wurde und die in den Offiziersrang aufstiegen, wurden vor ihrer Heimkehr über das Koalitionsprogramm mit einer Braut bedacht. Die Trainingszentren boten die notwendige Privatsphäre, Sicherheit und die erforderliche Ausrüstung, um eine junge Braut auszubilden.

"Sie werden nach uns dreien und Leah Ausschau halten." sagte Drogan. "Also geben wir ihnen jeweils nur einen Mann mit einer Partnerin."

Tor durchblickte die Idee umgehend. "Dass wir absolut gleich aussehen, ist sicherlich hilfreich."

Leah wirkte irritiert, aber sie schwieg weiterhin.

Drogan ging ins Badezimmer und holte eine Schere. "Lev, es ist dein

Sektor, für den sie sich ausgeben. Das bedeutet, du solltest Leah zu dir nehmen. Es wird den Anschein haben, als würden wir glauben die Pfeile kämen vom Sektor Zwei und du nimmst sie mit nach Hause."

"Ja, das leuchtet ein." stimmte ich ihm zu.

"Nein." sagte Leah. Sie blickte auf den Fußboden. Sie sah nicht länger verwirrt aus, sondern sie wirkte unmissverständlich und gefasst. "Ich weiß nicht, was hier los ist, aber wenn ich von euch Antworten über diese ganze Angelegenheit mit der Begattung bekommen soll, dann müssen wir zuerst an einen sicheren Ort gelangen, richtig?"

Wir nickten einstimmig.

"Ich habe eine Idee." fuhr sie fort.

"Wir sind sehr gespannt." sagte Drogan und verschränkte die Arme vor der Brust.

Leah lächelte. "Ein Hütchenspiel."

Ich hatte keinen Schimmer, was zum Teufel ein Hütchenspiel sein sollte. Aber als sie es uns erklärte, wusste ich, dass unsere Partnerin nicht nur attraktiv, sondern darüber hinaus auch schlau und durchtrieben war. Es war eine skrupellose Kombination, die perfekt zu uns dreien passte.

Leah

Ich hatte keine Ahnung, was eigentlich vor sich ging. Absolut keinen Schimmer. Die Männer redeten etwas von Pfeilen, die abgefeuert wurden. Pfeilen! Mit dem langen Kleid und den altmodischen Waffen kam ich mir vor, als wäre ich im Sherwood Forest gelandet und nicht auf Viken. Meine Neugierde war geweckt und ich wollte diese Pfeile selber sehen, aber Drogan hinderte mich daran. Er hatte mich hinter sich geschoben und mir den Blick zum Fenster versperrt. Zuerst störte ich mich an seinem primitiven Verhalten, dann aber wurde mir klar, dass er mich nur beschützte und mit seinem Körper dafür sorgte, dass ich nicht zu Schaden kam.

Ich konnte ihr Gerede über die Sektoren nicht nachvollziehen, aber ich verstand etwas von Politik. Mein Vater war vor seinem Tode ein hohes Mitglied des Stadtrats und ich erfuhr bei endlosen Unterhaltungen am Abendbrottisch, wie Deals zustande kamen und Verträge per Handschlag geschlossen wurden. Eine Zeit lang war ich seinen Fußstapfen gefolgt und hatte als Verwaltungsbeamte gedient. Ich plante damals, mich hoch zu arbeiten und irgendwann für ein Amt zu kandidieren. Aber das war, bevor ich meinen Verlobten kennengelernt hatte. Er hatte mir eingeredet, meinen Job zu kündigen und mich stärker auf ihn zu verlassen. Es hätte für mich die erste Alarmglocke sein müssen, dass etwas nicht mit rechten Dingen zuging.

Hier und jetzt, auf diesem fremden

Planeten versuchte jemand, über die drei Männer an mich heranzukommen und sie zu trennen. Die sollte nicht geografisch geschehen, sondern indem Zweifel in ihnen gesät wurden, die auf altem Argwohn beruhten. Ihr brüderlicher Zusammenhalt schien aber stärker zu sein als ihre Bindung an die jeweiligen Sektoren. Vielleicht waren es meine unglaublich starken Gefühle für sie. Als Drogan in der Männerriege vor mir stand, hatte ich sofort erkannt, dass er mein Partner war. Jetzt aber spürte ich es noch intensiver.

Die Anziehung, die ich ihnen gegenüber verspürte, war enorm. Ich brauchte sie, ich brauchte ihre Berührungen und ihren Samen und das war in jeder Hinsicht verrückt. Ihren Samen! Als wäre ich süchtig nach einer Droge. Sie hatten die Macht ihres Samens erwähnt und ich hatte keine Ahnung gehabt, wovon sie sprachen. Ich hatte so viele offene Fragen, aber es war jetzt nicht der richtige Augenblick dafür.

Wir mussten weg von hier, weg von diesen Pfeilen und ich hatte eine Idee. Glücklicherweise waren sie nicht zu hinterwäldlerisch, um mir zuzuhören. Nachdem ich ihnen meinen Plan erzählt hatte, lächelten sie zufrieden.

Drogan überreichte mir die Schere und ging vor meinen Füßen zu Boden. "Schneide es so, dass es wie bei Lev aussieht." sprach er.

Als er auf die Knie ging, war sein Haupt genau auf der richtigen Höhe, um ihm mühelos die Haare schneiden zu können. Ich schnitt erst sein Haar und dann die etwas längeren Haare Tors, bis sie genau wie Levs Locken aussahen. Es dauerte nicht lange und die drei sahen absolut identisch aus, abgesehen von der Narbe an Levs Augenbraue. Aber dieser Unterschied war nur minimal. Aus der Ferne würde die Narbe überhaupt nicht auffallen. Dann zogen sie sich um, Drogan entfernte sich einen Moment lang und kam in einem schwarzen Aufzug zurück, der genauso wie Levs

Gewand aussah. Tor und Drogan wechselten beide ihre Kleidung und als die drei vor mir standen, klappte mir vor Schreck die Kinnlade herunter. Sie waren in der Tat nicht voneinander zu unterscheiden. Ich aber konnte sie auseinanderhalten. Ich spürte ihr individuelles Wesen: Lev war düster, Tor war wütend, Drogan war stolz. Ich war zu jedem von ihnen magisch hingezogen, die Macht ihres Samens wirkte individuell auf meine Sinne und ich sehnte mich nach jedem einzelnen von ihnen.

Ich kannte sie erst seit zwei oder drei Stunden und ich wusste bereits so viel über sie. Es war verrückt. Es war blanker Wahnsinn, seit ich angekommen war. Aber das schlüpfrige Gefühl ihres Samens, der an meinen Schenkeln herunterglitt, fühlte sich wie eine Droge an und ich schien diesen Wahnsinn gar nicht so schlecht zu finden.

Als Lev mein Kleid hoch hielt, wurde mir klar, dass ich nur ein Laken um hatte, als ich ihnen die Haare getrimmt hatte. Erst in diesem Moment wurde ich mir meines Körpers bewusst. Ich hatte absolut keine Schmerzen, aber ich fühlte mich durch und durch erschöpft. Meine Muschi spannte und ich bemerkte wieder meinen Kitzler. Der Ring, der jetzt im Häubchen steckte, piesackte mich unentwegt. Sie hatten Recht, das Piercing erregte mich. Von drei Männern gefickt zu werden war anscheinend nicht genug. Ich wollte mehr. Ich wollte es immer wieder.

"Fertig?" fragte Tor.

Ich nickte. Die anderen beiden zogen das Bett ab und bauten daraus die Attrappen.

"Wir werden in See stechen und uns heute Abend treffen." sagte Lev.

Drogan nickte. "Du nimmst sie mit, Lev. Bleib in der Fickhütte, bis wir zu dir stoßen und unsere nächsten Schritte besprechen können. Aber du darfst sie nicht ficken, Bruder. Bis sie schwanger wird, müssen wir sie jedes Mal gemeinsam nehmen."

Lev wickelte mich in das Laken und hob mich in seine Arme; er gab mir keine Gelegenheit, darüber nachzudenken, was es hieß, geschwängert zu werden. Es gefiel mir, als er mich fest hielt, so als wäre ich endlich zu Hause angekommen. Drogan beugte sich kurz zu mir und küsste mich eilig, bevor er das Laken komplett über mich zog.

"Warte." sagte Tor. Er öffnete das Laken, verpasste mir ebenfalls einen Kuss und bedeckte dann wieder mein Gesicht.

Danach konnte ich nichts mehr sehen, aber in Levs Armen fühlte ich mich sicher. Draußen hörte man Stimmen und Geschrei und dann fing Lev an, zu rennen. Ich wurde in etwas Hartes abgelegt und der Boden schwankte. Plötzlich ging es vorwärts und ich glitt. Ich verstand nicht, bis ich Wasser plätschern hörte. Ich war in einem Boot. Ich rührte mich nicht, bis Lev mir etwas zuflüsterte. "Du kannst jetzt das Laken von deinem Kopf herunterziehen, aber komm nicht hoch, bis ich sicher bin, dass wir ihnen entkommen sind."

Ich konnte nicht wissen, ob der Plan aufgegangen war—Drogan und Tor trugen jeweils ein Bündel Kissen, welches in Laken gewickelt als Puppe fungierte—aber wir waren davongekommen. Wenn die Angreifer mit den Pfeilen sich zu einem der Brüder dazuzählten, dann würden sie sich davor hüten, diesen zu töten. Ich wusste nicht, ob die anderen Brüder ebenfalls entkommen konnten. Ich wusste nur, dass wir uns bald wiedersehen würden. Mein Körper schmerzte jetzt, ich sehnte mich nach allen drei Männern und ich fühlte mich so, als müsste ich sie wieder haben oder ich würde sterben.

Ich schob mir den Stoff aus dem Gesicht und atmete die feuchte Luft ein.

Der Himmel war blau und mit Wolken überzogen. Würde ich es nicht besser gewusst haben, hätte ich mich noch auf der Erde geglaubt. Die beiden Monde am Himmel erinnerten mich aber daran, dass ich mich auf einem neuen Planten befand, in einem neuen Leben. Mein Blick wanderte über meinen Körper hinab und landete auf Lev, der ein Ruder in den Händen hielt. Jedes Mal, wenn er es anhob, tropfte Wasser von dem hölzernen Paddel. Scheinbar saßen wir in einem hölzernen Kanu, denn wir glitten auf dem Wasser und es war ziemlich eng. Ich konnte das Wasser riechen, den salzigen Hauch, der in der Luft lag. Viele Minuten lang beobachtete ich den Mann, der mich gerade gefickt hatte. Meine Muschi spannte aufgrund der virilen Zuwendungen. Hatte er mich zuerst gefickt? Hatte er meine Schenkel auseinandergespreizt, um in mich hineinzustoßen oder hatte er mich umgedreht und anschließend von hinten genommen?

Sie hatten mir die Augen verbunden und ich hatte keine Ahnung, wer von ihnen was mit mir angestellt hatte. Sie alle drei hatten mich zusammen genommen. Es war unbedeutend, welcher Schwanz in mich eingedrungen war, denn sie hatten mich alle durchgefickt. Aus irgendeinem Grund aber wollte ich herausfinden, welche der Berührungen zu ihm gehörte, welcher harte Schwanz der seine gewesen war.

Ich musterte ihn. Die Ähnlichkeit zwischen den Brüdern war gespenstisch. Dieser kräftige Kiefer, dieser angedeutete Backenbart, der ihn bedeckte. Sie hatten mir keine Gelegenheit gegeben, sie anzufassen, aber ich fragte mich, ob sich der Bart weich oder wie eine Drahtbürste unter meiner Handfläche anfühlen würde. Seine Augen waren dunkel, sie waren viel dunkler als sein Haar. An seiner gebräunten Haut konnte ich erkennen, dass er viel Zeit im Freien verbrachte. Die Narbe, die seine Augenbraue durchtrennte war ein Hinweis darauf, dass er in Gefahr gewesen war. Dass die drei bei dem Angriff nicht in Panik gerieten, war ein zusätzlicher Beweis dafür. Diese Männer waren Krieger.

"Ihr habt mich nur aus Pflicht gefickt." sprach ich mit ruhiger Stimme. "Keiner von euch wollte eine Partnerin haben." Dann aber verwandelte ich mich in eine hysterische Furie. Meine Emotionen kippten so rasant, dass es in meinem Inneren brodelte. Ich war verwirrt, verletzt, bedürftig, und zwar alles gleichzeitig. In ein paar Stunden war so viel geschehen—und damit meinte ich nicht nur, dass drei Fremde mich gefickt hatten—ich war überwältigt. Auf der Erde hätte ich gesagt, dass meine Hormone verrückt spielten. Hier war vielleicht der eigenartige Samen Schuld daran. Wie auch immer. Ein Feind, den ich noch nicht einmal kannte, versuchte, mich zu entführen, und dass mit einem düsteren Hintergedanken, den ich mir nur ausmalen konnte. Für meine Partner war ich nur eine Babymaschine und nichts anderes.

Lev blickte sich immer wieder um, wahrscheinlich hielt er nach einer möglichen Bedrohung Ausschau. Er schaute mich nicht an, als er mir antwortete. "Viken ist kompliziert, Leah. Wir hatten jahrzehntelang Krieg und dann kam ein unsicherer Friede. Meine Brüder und ich sind die wahren Herrscher von Viken. Wir wurden als Babys getrennt um den Frieden zu sichern, aber der Planet wurde dafür in Sektoren aufgeteilt. Du bist diejenige, die zusammen mit unserem Kind den Planeten Viken wieder vereinen wird."

Ich lag in einem Holzkanu—einem einfachen Kanu—und hielt so viel Macht in meiner Gebärmutter? Richtig. Wie kam es, dass ich, eine einfache Frau von der Erde, derartig große Macht hatte? Ich bemerkte, dass er meine Frage nicht beantwortet hatte.

"Du wolltest mich nicht. Keiner von

euch wollte mich haben. Ihr wollt nur euren Planeten retten, indem ihr mich begattet." Sicherlich konnte er die Verachtung in meiner Stimme heraushören, als ich dieses Wort verwendete.

Ich wollte irgendwann Kinder haben, aber nicht, weil ein Nachkomme gebraucht wurde, um die Harmonie auf einem Planeten wiederherzustellen. Ich wollte Kinder zusammen mit einem Mann bekommen—und nicht dreien—der sich auf die schlaflosen Nächte und die ersten Schritte freute, der wie ich dabei sein wollte, wie ein hilfloser Säugling zu einem erwachsenen Menschen heranwuchs. Ich wollte aus Liebe ein Kind zeugen und nicht aus politischen Gründen.

Er schaute mir in die Augen. "Nein, ich wollte keine Partnerin." Obwohl er es nicht abstritt, waren seine Worte dadurch nicht weniger schmerzlich. "Wir alle drei wurden heute unter falschen Vorbehalten nach Viken United gerufen. Wie ein Leckerbissen wurdest du uns vorgeführt. Das letzte Mal, als meine Brüder und ich uns im selben Raum befanden, waren wir vier Monate alt."

"Und man hat euch getrennt und in die verschiedenen Sektoren geschickt, um dort aufzuwachsen?" fragte ich nach, denn ich erinnerte mich an einige Gesprächsfetzen von vorher.

Ich konnte es mir beim besten Willen nicht vorstellen, dass man die Geschwister einfach voneinander getrennt hatte, und das noch aus politischen Gründen. Ich hatte gehört, dass eineiige Zwillinge gegenseitig ihre Gedanken lesen konnten. Ich hatte gehört, dass sie nicht voneinander getrennt bleiben konnten und dass sie irgendwie darunter litten. Ich hatte sogar davon gehört, dass Zwillinge wussten, wenn der andere starb. Aber Drillinge, die in einem so zarten Alter getrennt worden waren? Mein Herz schmerzte für sie. Vielleicht war ich nicht die Einzige, die sich hier aufopferte.

Lev nickte. "Als unsere Eltern ermordet wurden." Er wechselte mit dem Ruder auf die andere Seite und das Boot drehte sich leicht. "Unsere Trennung hat dem Frieden den Weg geebnet und viele Leben gerettet. Aber das ist nicht genug. Jetzt sind wir damit beschäftigt, uns gegenseitig umzubringen, anstatt den Planeten zu beschützen. Unsere Krieger sind selbstgefällig geworden und haben die wahre Bedrohung für unsere Leute aus den Augen verloren. Du wirst sie daran erinnern. Unser Kind wird sie vereinen."

"Wieso bist du dir da so sicher? Ihr drei seid nur für ein paar Stunden zusammengekommen und schon gehen die Kämpfe los."

Er neigte den Kopf zur Seite und schaute mich an. "Streitereien hat es immer gegeben, aber du wirst über unglaublich große Macht verfügen. Und es gibt auch diejenigen, die sich keinen Frieden wünschen."

"Wieso habe ich so viel Macht?" fragte ich und sprach damit aus, was mir zuvor durch den Kopf gegangen war. "Ich bin nur eine Frau von der Erde, die geflohen ist, weil—" Ich biss mir auf die Lippe, denn ich wollte ihn nicht wissen lassen, wie schwach ich in Wirklichkeit war. Falls ich diejenige war, die diese drei Männer vereinen sollte, um ein Baby zu zeugen, falls ich die Mutter des Anführers eines ganzen Planeten werden würde, dann musste er nicht unbedingt wissen, was für eine Niete ich war, weil ich auf einem gefährlichen und bösartigen Mann hereingefallen war und mich mit ihm verlobt hatte.

"Du hast so große Macht, weil wir sie dir geben werden." war seine Antwort.

Ich runzelte die Stirn. "Das ... das verstehe ich nicht."

"Ich verstehe jetzt immer besser, dass unsere Verpartnerung nichts mit freier Wahl zu tun hatte. Die Bindung unter

Partnern ist einfach zu stark. Du hast es sofort gespürt, als du Drogan unter den ganzen Männern begegnet bist."

Dem konnte ich nicht widersprechen.

"Aber es ist die Macht des Samens, die uns jetzt miteinander verbindet, die uns vier so gefährlich für all diejenigen macht, die ihr Vorhaben nicht gewissenhaft durchdacht haben."

"Davon habt ihr vorher schon gesprochen. Was soll das heißen, die Macht des Samens?"

"Wenn der Samen eines Viken-Mannes seine Partnerin berührt und ihre Muschi auskleidet, dann verbindet er den Mann und seine Partnerin auf elementarer Ebene. Er verändert unsere Körper auf der zellularen Ebene und er wird deinen Körper ebenso verändern. Ich weiß, dass du dich zu uns hingezogen fühlst. Du spürst die Bedürftigkeit, diesen süchtigen Zwang."

Ich wollte das nicht wahr haben und schüttelte den Kopf. Ihr Samen veränderte unsere Körper auf zellularer Ebene?

"Wie *fühlst* du dich?" Er musterte mich eindringlich und ich errötete. Ich war froh, dass er meine harten Nippel und meine pulsierende Muschi nicht sehen konnte. Ich entgegnete nichts und er starrte mich weiter an, seine Augen waren dunkle Scheiben, die in aller Ruhe pure Autorität versprühten. Ich hätte mich für immer und ewig in seinen Augen verlieren können.

"Leah, ich bin derjenige der Brüder, der dich fesseln und sich nehmen wird, was er möchte. Ich bin derjenige, der dich übers Knie legen wird und dir für deinen Übermut den Arsch versohlen wird."

Mein Mund stand offen und ich spürte, wie Angst in mir hoch kam. Ich hatte es also erneut vollbracht? Wieder hatte ich mein Vertrauen einem Arschloch von einem Typen geschenkt, der mich schlagen würde, der mich—ich konnte nicht einmal darüber nachdenken. "Du ... du willst mich verprügeln?"

"Dich verprügeln? Nie im Leben." Gemächlich schüttelte er den Kopf. "Ich verlange von dir Gehorsam. Und ich werde dich auch verwöhnen, und zwar außerordentlich. Ich werde deinen Puls und deinen Atem überwachen. Ich werde es mitbekommen, wenn du nicht die Wahrheit sagst oder wenn du dich verstellst, wann du einfach nur kommen musst und wann du einfach nur auf deinen Körper hören musst."

Jetzt war ich diejenige, die mit dem Kopf schüttelte. "Nein."

"Wenn du nicht von mir beherrscht werden wolltest, dann wärst du nicht mit mir verpartnert worden, Leah. Stell dir vor, wie ich deine Hände am Kopfende des Bettes festbinde, damit ich mit dir machen kann, was ich möchte. Stell dir vor, wie ich meinen Schwanz in deinen Arsch schiebe und nicht meinen Finger. Stell dir vor, wie ich dich hängen lassen werde, bis du schreist und die Beherrschung verlierst. Bis ich dir befehle, unter meinem Schwanz und meiner Zunge zu kommen."

Lev war also derjenige gewesen, der mich von hinten genommen hatte, der seinen Finger in mein Poloch gewunden hatte und der mich schonungslos gefickt hatte, bis ich die Schmerzgrenze erreicht hatte und vor Lust explodierte? Oh Gott, ich war zu gleichen Teilen beschämt und erregt.

"Der Samen wirkt nicht nur auf dich. Er beeinflusst mich ebenfalls. Und Tor und Drogan genauso. In diesem Moment spüren sie es sicher noch heftiger, weil sie nicht bei dir sind. Antworte mir: Wie. Fühlst. Du. Dich?"

Jedes Wort klang abgehakt und eindringlich. Sein bedrohlicher Tonfall veranlasste mich diesmal, unverzüglich Antwort zu geben.

"Ich weiß nicht, *was* genau ich fühle. Sehnsucht, Bedürftigkeit, Erregung. Schmerz."

"Sehnsucht nach unseren Schwänzen?"

"Ja, aber es schmerzt, weil ... weil sie nicht hier sind."

"Tor und Drogan?"

Ich befeuchtete meine Lippen und fürchtete er würde glauben, dass ich die anderen beiden wollte und nicht ihn. "Ja. Ich ... ich vermisse sie."

"Gutes Mädchen."

"Du wirst mich also nicht verhauen oder fesseln?"

Er kniff die Augen zusammen. "Ich werde beides tun und du wirst es lieben."

Darauf wusste ich nichts mehr zu entgegnen. Ich wollte auch nicht länger darüber nachdenken, warum seine überaus verdorbenen Pläne mich derartig faszinierten und antörnten; selbst nach all dem, was mir auf der Erde widerfahren war. Also wechselte ich das Thema.

"Wo fahren wir hin?"

"In ein abgelegenes Zentrum, in dem

neue Partnerinnen trainiert werden. Die meisten Paare werden nicht so wie wir miteinander verpartnert, aber viele Krieger kehren von den Kämpfen zurück und kennen ihre Partnerinnen nicht wirklich. Ein Aufenthalt in einem Trainingszentrum kann dabei behilflich sein, dass die Verpartnerung erfolgreich verläuft. Unser Zentrum liegt am weitesten entfernt und ist sehr isoliert. Es wurde für die widerspenstigsten Viken-Frauen eingerichtet."

"Du hältst mich für widerspenstig? Im Ernst? Ich bin von der Erde, aber nicht widerspenstig." stammelte ich. Er war nicht besonders raffiniert darin, mich zu umwerben. Kaum etwas von dem, was er erwähnt hatte—meine Stimmung; sein Vorhaben, mich zu fesseln—ließ darauf schließen, dass ich ihm etwas bedeutete. Trotzdem wollte ich ihn mit einer skrupellosen Triebhaftigkeit, die ich nicht leugnen konnte.

"Du hast ziemlich viel

hingenommen, als wir dich vorhin gefickt haben, aber du musst dich an viel mehr Dinge gewöhnen, als eine durchschnittliche Viken-Frau mit einem neuen Partner."

"Oh? An was denn alles?"

"Erstens, du warst keine Jungfrau mehr, deswegen müssen wir deine früheren Verbindungen auflösen."

"Ich versichere dir," ich grollte, als ich an meine irdischen Liebhaber dachte. Von denen konnte ich, nach der Runde Ficken, die ich gerade hinter mir hatte, jetzt mit Sicherheit sagen, dass sie allesamt Nieten gewesen waren. "Es gibt keine Verbindungen. Würde ich mich denn hier auf einem anderen Planeten befinden, wenn es so wäre?"

"Davon wissen wir nichts. Genau, wie du nichts von uns weißt. Die Macht unseres Samens wird dich dazu zwingen, unsere sexuellen Bedürfnisse zu erfüllen. Bedürfnisse, die dir entsprechen und denen du zugeteilt worden bist, aber die du, wie du eben bewiesen hast, höchstwahrscheinlich abstreiten wirst."

"Ich habe überhaupt nichts bestritten," entgegnete ich. "Ich habe Minuten nach meinem Transport mit drei Fremden gefickt." Meine Mutter wäre zwar zutiefst beschämt über mich —sie hätte sich im Grabe umgedreht, wenn sie es mitbekommen hätte—und trotzdem hatte ich jeden Augenblick genossen. Ich blickte zu meiner Rechten über den Horizont und beobachtete die beiden riesigen Monde, die wie stille, goldene Scheiben am abendlichen Himmel aufstiegen. Eine Handvoll Sterne tauchten zwischen den Wolken auf, aber ich erkannte keinen davon. Die schwere, feuchte Luft wurde zunehmend kühler, als ihre große, orangefarbene Sonne zu meiner Linken unterging. Die Kälte kroch durch mein Laken und gab mir eine Gänsehaut. Ich spürte, wie meine Nippel zu Stein wurden, aber ich ignorierte sie. Diese Art der Ablenkung konnte ich jetzt nicht gebrauchen, nicht mit Lev, der mich anstarrte, als wollte er sich gleich auf mich stürzen und bis zur Besinnungslosigkeit durchvögeln.

Er deutete mit dem Kinn in meine Richtung. "Zieh das Laken weg und heb dein Kleid hoch. Ich will deine Muschi sehen."

Ich starrte ihn mit weit aufgerissenen Augen an und krächzte: "Was? Es ist kalt hier."

"Ich dachte, du wolltest dich mir nicht widersetzen. Falls du nicht bestraft werden möchtest, dann gehorche mir gefälligst. Zeig mir deine Muschi."

Obwohl mir gefiel, dass er nach meinem Körper gierte, war ich dazu noch nicht bereit, also fragte ich stattdessen: "Werden sich die Leute nicht wundern, wenn eineiige Drillinge in diesem Zentrum für aufmüpfige Bräute auftauchen?"

Lev zog eine Augenbraue hoch und seufzte, aber er ging auf meine Frage ein. "Sie werden nicht drei Männer zu sehen bekommen, sondern immer nur einen.

Niemand an diesem Ort weiß, wer wir sind und niemand weiß, dass wir Drillinge sind. Glaub mir, jeder im Zentrum wird ... mit sich selber beschäftigt sein."

Ich konnte mir nur denken, womit die Leute dort beschäftigt sein würden. Ficken. Frauen fesseln und sie vor Lust kreischen lassen. Sie betteln lassen. Um den Ring an meinem Kitzler pochte es bei dieser Vorstellung.

"Wir werden uns nie als Gruppe in der Öffentlichkeit zeigen." fuhr er fort. "Einer von uns wird dich immer begleiten, aber zu viert werden wir nur innerhalb der Fickhütte zusammenkommen."

"In der Fickhütte? *Im Ernst?* Ist dieser Planet derartig primitiv?" Ich kam mir vor, als hätte ich eine Zeitreise in die Vergangenheit unternommen. "Ich war immer davon ausgegangen, dass die Erde die rückständigste aller Welten sei, mit den primitivsten Leuten."

"Glaub mir, wir sind sehr viel

fortschrittlicher als die Erde. Wir haben uns aber für eine einfachere Lebensweise entschieden."

"So wie dieses Kanu."

"Wie dieses Kanu." wiederholte er. "Und jetzt zeig mir deine Muschi."

Er blieb äußerst konzentriert.

"Was ist, wenn ich das nicht möchte?"

"Dein Ungehorsam hat dir bereits eine Runde Hintern versohlen eingebracht, wenn du dich weiterhin sträubst, dann wird deine Bestrafung nur härter ausfallen."

"Du verlangst, dass ich mich vor dir entblöße!"

Er grinste. "Stimmt. Aber es wird dir gefallen. Das verspreche ich."

"Wirst du mir den Hintern versohlen, wenn ich nicht gehorche?"

Daraufhin musste er lauthals lachen. Er warf den Kopf in den Nacken und legte seinen Hals bloß, sein Adamsapfel hüpfte auf und ab. "Ich werde dir so oder so den Arsch versohlen, Süße." Er grinste frevelhaft, als er mich ansah. Es schien, als könnte er es gar nicht erwarten. Ich schaute auf seinen Schoß. Der dicken Beule, die gegen seine Hose drückte nach zu urteilen war er sehr darauf erpicht. "Es ist deine Entscheidung, ob du kommen willst oder nicht, wenn ich es mache."

Anscheinend war er überaus geduldig, denn ich nahm mir Zeit, das Ganze zu überdenken. Ich blickte kurz zum Himmel nach oben und dann zu ihm. Wieder blickte er wachsam zu mir herüber, während er mühelos ruderte und die Muskeln an seinen Schultern und Armen anspannte. Wasser tröpfelte vom Ende des Ruders, der Wind blies mir Haare ins Gesicht. Alles war so still. So einfach. Aber war es das tatsächlich?

Ja, ich hatte mich von drei Männern nehmen lassen, aber das hier war etwas anderes, es war irgendwie viel intimer. Er wollte es—nein, er forderte es—und ich hatte zu entscheiden, ob ich nachgeben würde. Mein Verstand weigerte sich, aber mein Fleisch, Himmel, mein Fleisch wollte es. Vielleicht konnte er Gedanken lesen, denn er fing an zu reden, obwohl sein Blick auf dem Horizont weilte.

"Mein Schwanz ist steinhart. Wahrscheinlich ist es die Wirkung des Samens, aber ich will dich. Drogan durfte deine Muschi kosten und mir läuft bei dem Gedanken bereits das Wasser im Mund zusammen. Ich frage mich, ob du genauso süß bist, wie ich es mir vorstelle. Ich habe gehört, dass wenn eine Frau zum ersten Mal mit dem Samen ihres Partners in Berührung kommt, der Drang besonders mächtig ist. Angeblich lässt das mit der Zeit nach, aber das wird noch Jahre, wenn nicht sogar Jahrzehnte dauern."

Jahrzehntelang würde ich mich also so fühlen? Ich befeuchtete meine Lippen, als ich seine zügellosen Worte hörte. Würden sie niemals genug von mir bekommen?

"Deine Nippel sind wahrscheinlich

steinhart und dein Kitzler ... dein Kitzler ist sicher geschwollen und dank dem Ring dort äußert empfindlich. Ich wette, dass jedes Mal, wenn du dich rührst, der Ring dich verzweifelter danach lechzen lässt, meinen Mund auf deiner Muschi zu spüren."

Ich warf das Laken herunter, denn darunter und in meinem langen Kleid wurde es mir zu heiß, als ich seine schmutzigen Worte vernahm. Er lächelte, aber zu meinem Zugeständnis entgegnete er nichts.

"Deine Säfte und der Samen dürften jetzt an deinen Schenkeln kleben." Er drehte den Kopf und sah mich an. Sein Blick bohrte sich in mich hinein, als wäre er einer dieser Pfeile. "Zeig sie mir, Leah."

Ich war ganz auf ihn konzentriert und vergaß all die guten Gründe, warum ich es nicht tun sollte. Stück für Stück rollte ich das Kleid mit meinen Fingern nach oben.

"Spreiz deine Beine für mich."

Ich lag vor ihm, also öffnete ich die Beine und legte die Füße auf die Sitzbank vor mir. Die frische Luft umschmeichelte meine Muschi, als ich mit den Knien gegen die Seiten des Bootes presste und sicherstellte, dass ich offen und bereit für ihn war.

Er kniff die Augen zu kleinen Schlitzen zusammen. Ich beobachtete, wie sich sein Kiefer anspannte und sein Schwanz in seiner Hose dicker wurde.

"Müsste ich nicht rudern, dann läge mein Gesicht jetzt zwischen deinen Beinen."

Ein sanftes Stöhnen entwich meinen Lippen.

"Du wirst dir drei Finger in die Muschi stecken und sie dort lassen, bis wir angekommen sind. Du darfst sie nicht bewegen und du darfst auch nicht kommen."

6

INNERHALB EINER STUNDE war meine Welt auf den Kopf gestellt worden. Der Regent informierte uns über die Partnerin, die er für mich—für uns—angefordert hatte und im nächsten Moment wurde sie schon von der Erde zu uns transportiert. Ich spürte unsere Verbindung in dem Augenblick, als ich sie zum ersten Mal sah. Als ich ihre Muschi leckte und sie kostete, wusste ich, dass sie zu mir gehörte. Aber es war der Augenblick, als ich in ihr kam, und zwar stärker, als ich je in meinem Leben gekommen war, in dem die Sache für mich besiegelt wurde. Der verfluchte Samen mochte Leah beeinflussen, mich aber brachte seine Wirkung verdammt nochmal komplett aus der Fassung.

Wir hatten uns getrennt, als die Tarnpfeile auf uns herunterprasselten und planten, uns in der Fickhütte zu treffen. In dem Augenblick, als wir uns verabschiedeten wurde mir klar, welchen Einfluss sie auf mich hatte. Leah war mit Lev in eine Richtung verschwunden und ich in eine andere. Tor ging in eine dritte Richtung. Ich spürte deutlich, dass wir voneinander getrennt waren, als ob mir eine Gliedmaße fehlte. Es tat weh— abgesehen von meinem harten Schwanz sehnte sich mein ganzer Körper nach ihr. Ich wusste, dass Lev sein Leben lassen würde, um sie zu beschützen. Bis ich sie aber wieder berühren konnte, würde mir etwas Entscheidendes fehlen.

Es war bereits dunkel, als ich das Trainingszentrum für Bräute erreichte. Ich schlich in die Hütte, die wir ausgewählt hatten und als ich Tor darin entdeckte, wusste ich, dass es ihm genauso schlecht ging wie mir. Obwohl wir uns kaum kannten—eigentlich kannten wir uns überhaupt nicht—konnten wir uns gegenseitig bemitleiden, weil wir derartig auf Leah reagierten. Oder weil Leah noch nicht da war.

"Falls Lev hier nicht bald eintrifft, werde ich vollkommen durchdrehen." sprach er frustriert, in seiner Stimme vernahm ich einen Anflug von Wut. Da die Hütten weit voneinander entfernt lagen und der Ort ausreichend Privatsphäre versprach, sorgte ich mich nicht darum, dass jemand an unsere Tür klopfen könnte. In der einen Hälfte der Anlage wurden neue Bräute trainiert und in der anderen Hälfte wurden

Bräute darauf vorbereitet, zu Kriegern auf fremden Planeten entsendet zu werden. So oder so, die Privatsphäre war immer gewährleistet.

Niemand würde uns hier stören, Tor ließ aber trotzdem die Rollos herunter, bevor wir die Laternen anmachten.

"Das kann ich nachvollziehen. Ich brenne darauf, zu kommen. Ich möchte ficken und sehne mich zutiefst danach. Aber ich glaube nicht, dass meine Hände mir irgendwie Erleichterung verschaffen könnten."

Tor kicherte. "Wir wurden erzogen, uns gegenseitig zu verachten und es hat nur ein paar Stunden gedauert, bis wir zusammen gekommen sind. Irgendjemand versucht, uns gegeneinander aufzubringen. Wir sind Brüder, trotzdem sind wir einander fremd und jetzt sehnen wir uns nach derselben Frau. Müssten wir uns nicht an die Gurgel gehen? Eigentlich müsste ich dich töten wollen, weil du mit meiner Partnerin ficken willst. Aber es handelt sich auch um deine Partnerin."

"Eigenartig, ich bin nicht eifersüchtig auf dich." Ich musterte den Mann, der genauso aussah wie ich. "Wäre es jemand anderes und nicht du oder Lev, also ein Außenstehender—"

"Er wäre jetzt tot."

Ich würde ihn in Stücke reißen. "Da stimme ich dir zu."

Mein Blick wanderte durch den großzügigen Raum; ich registrierte kurz die Einrichtung, die Küche, das Badezimmer, Tisch und Stühle, konzentrierte mich jedoch auf die Fickausrüstung. Es gab eine Bank, die speziell zum Ficken gedacht war und die es einer Frau erlaubte, mit erhöhten Hüften liegen zu bleiben, damit der Samen, mit dem sie gefüllt wurde, in ihr blieb und sie so besser begattet werden konnte und damit der Samen seine volle Macht entfalten konnte. So wie ich Lev kannte, würde sich diese Vorrichtung auch zum Arsch versohlen als äußerst praktisch erweisen.

"Sobald sie eintrifft, werden wir ihr zeigen, was es bedeutet, eine Viken-Braut zu sein. Die Runde Ficken von vorhin war nur ein kleines Vorspiel, damit unser Samen sie markieren konnte und kein anderer Mann auf den Gedanken kommen würde, sie für sich zu beanspruchen. Hier dürfte es nicht allzu schwierig werden, ihren Körper daran zu gewöhnen, drei Männer willkommen zu heißen."

"Beim ersten Mal hat sie uns sehr harmonisch genommen. Wenn ich mich nach dem Sex mit ihr jedes Mal so fühle, dann dürfte es kein Problem sein, sie zu begatten."

Ich öffnete eine Schublade und fand darin eine Auswahl sexueller Hilfsmittel, die in allen Fickhütten bereitgestellt wurden. Dildos, Plugs, ein Seil, kleine Ketten, Riemen und mehr. Alles, was ein Mann für seine Partnerin gebrauchen könnte. "Falls sie nicht schon geschwängert wurde, dann wird es sicher eine angenehme Aufgabe werden, das in die Wege zu leiten."

Tor gab als Antwort nur ein Grunzen von sich und rückte sich den Schwanz in der Hose zurecht.

Schritte auf dem weichen Waldboden störten die nächtliche Stille. Lev schleppte Leah durch die Tür. Das Elend, das mich befallen hatte, seit wir uns getrennt hatten, war plötzlich verflogen und wurde von einem Gefühl der Euphorie ersetzt. Es war, als hätte ich eine stimmungsaufhellende Droge geschluckt. Sie trug dasselbe, einfarbige Kleid, ihr Haar war ein wildes Durcheinander. Ihre Wangen waren erhitzt und sie keuchte, als wäre sie den ganzen Weg hierher gerannt und nicht mit dem Boot gefahren.

Tor und ich liefen gleichzeitig auf sie zu und sie stürmte uns entgegen, um uns mit je einem Arm zu umfassen. Ihre Finger gruben sich in meinen Nacken und sie sog uns tief in sich hinein, sie drückte ihr Gesicht an meine Brust und dann an Tors.

Ihr Geruch wirkte auf mich wie ein äußerst potentes Aphrodisiakum. Ein tiefes Stöhnen entwich meinen Lippen, ohne dass ich mich dabei zusammenreißen konnte.

Leah wich zurück und schaute uns verdutzt an. "Ich brauche euch beide. Es ist verrückt, aber ihr müsst mich einfach berühren."

Sie zog an ihrem Kleid, aber da es an der Rückseite mit Knöpfen geschlossen war, konnte sie es nicht einfach ausziehen, was sie leicht frustrierte.

Tor packte sie an den Schultern und drehte sie, damit sie mit dem Rücken zu ihm gewendet stand. Anstatt einen nach dem anderen zu öffnen, zerrte er an beiden Enden der Knopfleiste und die Knöpfe flogen nur so davon, um auf dem Holzfußboden zu landen. Diesmal zeigte Leah keinerlei Bedenken.

Er zog ihr das Kleid vom Körper, bis sie nackt vor uns stand.

"Wenn eine Frau auf der Erde verpartnert wird, gibt es dann auch eine spezielle Trainingsperiode?"

Sie drehte sich um und ich blickte auf ihre vollen, runden Brüste. Ihre hellen, rosafarbenen Nippel standen steil hervor und mir lief das Wasser im Mund zusammen, um sie zu kosten. Weiter unten konnte ich den Ring sehen, der an ihrer hervorstehenden Klitoris baumelte.

"Eine Trainingsperiode?" Sie keuchte bereits und ihre Brüste hoben und senkten sich rasant.

Wir traten näher an sie heran.

"Auf Viken bringen manche Männer ihre Partnerin in ein Trainingszentrum, damit sie lernt, sich ordentlich zu unterwerfen." erklärte ich. "Selbstverständlich läuft das bei jedem Paar anders ab, aber das Ergebnis ist immer dasselbe."

Wir umzingelten sie von drei Seiten und legten unsere Hände auf sie, sodass sie nicht entkommen konnte. Aus dem

Trainingszentrum gab es für sie kein entrinnen, wir würden sie nicht aus den Augen lassen—das war einer der Vorteile, wenn drei starke Männer einen bewachten, anstatt nur einer. Ich bezweifelte, dass sie unter dem Einfluss unseres Samens überhaupt abhauen wollen würde. Schon die Trennung von Tor und mir hatte sie an den Rand der Verzweiflung gebracht.

"Welches Ergebnis?"

"Wir etablieren eine Verbindung und formen als Partner eine Einheit." sagte Tor. Seine Fingerknöchel streichelten über die Wölbung ihrer rechten Brust. Lev legte seine breite Handfläche auf ihre andere Brust und strich mit dem Daumen über ihre Brustwarze.

"Eine Verbindung?" Verwirrt runzelte sie die Stirn. Ihre Verwunderung verflüchtigte sich aber schnell, als ihre Erregung zunahm. Ihre Nippel waren anscheinend *sehr* empfindlich. "Was hat es mit dieser

Verbindung zwischen Partnern auf sich?"

"Du wurdest uns über das Auswahlverfahren zugeteilt, richtig?"

Sie konnte nur zustimmend nicken und öffnete leicht die Lippen, als sie versuchte, wieder zu Atem zu kommen.

"Du bist unsere Partnerin, weil du perfekt zu uns passt. Normalerweise ist es immer nur ein Mann und wenn er seine Partnerin zum ersten Mal fickt, dann entsteht eine Verbindung. Er füllt sie mit seinem Samen und die darauffolgende chemische Reaktion sorgt dafür, dass die Verbindung dauerhaft wird."

Ihre Haut war so weich und glatt, so cremig und blass, es war ein krasser Gegensatz zu ihren feuerroten Haaren.

Obwohl meine Brüder sie ohne Zweifel antörnten, war sie noch in der Lage, mir zuzuhören. "Du hast drei Partner. Um eine dauerhafte Verbindung herzustellen und eine Einheit zu bilden, müssen wir dich zusammen ficken, zur selben Zeit."

Sie hob ihr Kinn nach oben, um mich anzusehen. Ihre grünen Augen waren schummrig und voller Lust. "Zur selben Zeit?" flüsterte sie. "Du meinst—"

"Ich werde deinen Arsch ficken. Dein Arsch ist noch jungfräulich. Nicht wahr, Leah?" fragte Tor. Die Männer vom Sektor Zwei waren bekannt dafür, besonders gerne Ärsche zu ficken und anscheinend galt das auch für meinen Bruder.

"Ich werde deine Muschi ficken." fügte Lev hinzu.

Ich legte meinen Daumen auf ihre satte Unterlippe und drückte sie nach unten, ich öffnete ihren Mund, um ihre makellosen, weißen Zähne zu erblicken. Ich nahm zwei meiner Finger und ließ sie in die dunkle, nasse Höhle gleiten. Ihre Zunge leckte die Spitzen meiner Finger, rieb über sie herüber und saugte schließlich an einem Finger. "Und ich werde deinen Mund ficken."

Ich zog meine Finger aus ihrem heißen Mund und ließ sie mittig an ihrem Körper hinuntergleiten, bis ich an ihrem Klitorisring schnippte und sie erregt keuchte.

"Jetzt gleich?" wollte sie wissen.

Lev antwortete mit einem langsamen Kopfschütteln. "Jetzt bestrafe ich dich erst für deinen Ungehorsam während der Bootsfahrt."

Tor und ich ließen von ihr ab und wichen beiseite. Ein leises, bedürftiges Wimmern entwich ihren halb geöffneten Lippen.

Lev fasste sie am Ellbogen und führte sie zu der speziellen Bank hinüber. "Das hier benutzt man zum Begatten. Der Mann nimmt seine Partnerin von hinten und füllt sie mit seinem Samen. Für den erforderlichen Zeitraum kann sie hier bequem warten, ihr Unterkörper bleibt erhöht, damit der Samen in ihre Gebärmutter wandern kann. Sie kann auch festgebunden werden, falls sie sich ... wehrt."

Leah beäugte sie ungewöhnlich geformte Bank. "Das ist alles, was ihr in mir seht? Eine Babymaschine?"

Lev beugte sich vor und küsste ihre Stirn. "Der Regent hat über das Bräute-Programm eine Partnerin angefordert. Sein Plan ist es, den Planeten mit einem Thronfolger, den wir alle drei zeugen werden, zu vereinen. Mit dir werden wir dieses Kind zeugen."

"Ja, aber das klingt so kaltherzig."

"Wir werden dich begatten, weil es unsere Pflicht ist. Aber wir werden aus purem Vergnügen mit dir ficken." sagte ich.

Sie hob ihr Kinn, um Lev mit ihren grünen Augen anzublicken. "Warum könnt ihr mich dann nicht in einem Bett ficken, so wie ganz normale Leute es machen? Oder wird das hier immer so vollzogen?"

Lev neigte den Kopf nach unten und küsste sie. Tor und ich sahen zu, wie sie den Mund für ihn auf-machte und ihre Zungen sich berührten. Sinnlich und verführerisch küssten sie sich, bis sie in Levs Arme taumelte und sich an seinen Unterarmen abstützte, um nicht umzukippen.

"Wir werden im Bett mit dir ficken, Leah. Und auf dem Tisch und gegen die Wand auch."

"Draußen unter den Sternen." fügte ich hinzu.

"Im Badezimmer." ergänzte Tor.

"Überall. Aber die Bank ist auch perfekt geeignet," er tätschelte die gepolsterte Knielehne, "um dir den Arsch zu versohlen, wenn du unartig warst. Akzeptierst du deine Strafe wie ein gutes Mädchen, dann bekommst du dafür auch eine Belohnung."

Leah machte einen Schritt zurück. "Ich verdiene es nicht, verhauen zu werden."

"Auf dem Boot hast du meinen Befehl missachtet, ja oder nein?"

Ihr Kinn klappte herunter. "Ich dachte, das war nur Spaß."

"Wenn es um Befehle geht, machen

wir keine Scherze, Leah." erläuterte ich. "Es könnte gefährlich für uns werden. Um dich zu beschützen, müssen wir uns darauf verlassen können, dass du uns gehorchst und alles tust, was wir dir sagen. Du weißt nichts über Viken und wir müssen dich beschützen—und dich bestrafen—und zwar stärker, als wenn du hier geboren worden wärst und dich auf Viken auskennen würdest. Zuzulassen, dass du einen Fehler begehst, wäre viel zu gefährlich."

Abwehrend hob sie ihre Hände hoch, offensichtlich vergaß sie dabei, dass sie nackt vor uns stand. Als ob wir unser Verlangen danach, sie zu berühren unterdrücken würden. Als ob sie uns widerstehen könnte. "Schon gut. Ich verstehe, warum das so wichtig ist, insbesondere, *weil* ich den Planeten absolut nicht kenne. Ich werde euch gehorchen."

Lev blickte kurz zu mir und dann wieder zu Leah. "Das ist gut zu wissen."

Ich hob Leah auf meine Arme—sie

quiekte kurz überrascht—und setzte sie behutsam auf der Bank ab. Ihr Oberkörper lehnte gegen das lange Mittelstück. Es war wie die Kniestütze mit weichem Leder gepolstert und ihre Brüste hingen ansehnlich an beiden Seiten herunter. Für ihre Hände gab es Handgriffe, aber wie erwartet setzte sie sich aufrecht hin. Mit einer Hand auf ihrer Wirbelsäule beugte ich ihren Rücken nach unten und machte ihre Handgelenke mit den Lederfesseln fest.

"Ich habe mich gefingert, so wie du es befohlen hattest!"

Ich hielt inne und blickte zu Lev. Er zuckte die Achseln. "Ich habe sie nicht angerührt, aber ich habe es genossen, ihre Finger tief in ihrer feuchten Muschi stecken zu sehen. Aber du hast mir nicht sofort gehorcht. Und das ist ausschlaggebend, um hier zu überleben."

"Ich mag es nicht, verhauen zu werden! Dafür habe ich mich nicht freiwillig gemeldet." Leah zischte mich mit wütender Stimme an, als ich sie festband. Sie versuchte sogar, nach mir zu treten, als ich meinen Platz hinter ihr einnahm und dabei ihren Arsch bewunderte, während ich auf Lev wartete, der ihren nackten Arsch versohlen würde.

"Doch, es *gefällt* dir." sagte Tor, während er zusah.

Leah drehte schlagartig den Kopf und warf meinem Bruder einen tödlichen Blick zu. "Woher zum Teufel willst du das wissen?"

"Deine Muschi wird schon feucht." Tor zuckte unschuldig mit den Achseln und zog anschließend seinen Schwanz im beengten Raum seiner Hose zurecht. "Du wurdest uns zugeteilt. Vielleicht *glaubst* du aufgrund der Bräuche auf der Erde oder vielleicht sogar wegen früherer Erfahrungen, dass du es nicht magst, aber dein Körper sagt die Wahrheit—und das Testprotokoll hat es erkannt."

"Leah, bist du vorher schon einmal versohlt worden?" fragte Lev.

"Nein!" kreischte sie.

Lev gab ihr einen leichten Klapser auf den Arsch, während ich ihre Füße festband. Sie war nicht besonders gut gelaunt und ich fürchtete, sie würde um sich treten und Lev dabei weh tun oder sogar sich selbst verletzen.

"Macht mich los, ihr überheblichen Neandertaler!"

Ich presste meinen Lippen zusammen, um nicht lachen zu müssen. Ich hatte Lev kaum kennengelernt, aber ich wusste, dass er das nicht durchgehen lassen würde—was zur Hölle war ein Neandertaler?—ohne einen roten Handabdruck auf ihrem süßen Arsch zu hinterlassen.

7

Leah

WIE KONNTEN diese Drei es nur wagen? Ich war auf einer Bank gefesselt—genau wie in diesem Traum im Abfertigungszentrum! Passierte das gerade wirklich? Es war einfach verrückt. Ich wurde von außerirdischen Drillingen dominiert und beherrscht. Einer von ihnen wollte mir den Arsch versohlen und mich anschließend belohnen. Womit wollte er mich belohnen? Würde er seinen riesigen Schwanz nochmal tief in meine Muschi stecken? Würden sie mir die Augen verbinden und sich abwechseln? Lev hatte gesagt—

Levs Hand klatschte auf mein Hinterteil und ein stechender Schmerz jagte durch meinen Körper. Ich schrie laut auf und ließ den Kopf nach unten hängen, als das Stechen verblasste und sich in mir ein warmes Gefühl ausbreitete. Ich spürte Hitze, Lust, Verlangen. Himmel, ich war wirklich verdorben. Ich wollte, dass er mich nochmal schlug.

Mir war klar, dass ich feucht geworden war. Seit ich meine Partner kannte, war ich *ständig* feucht. Schon der leichte Popoklaps, den Lev mir verpasst hatte, bewirkte, dass meine Muschi sich sehnsüchtig zusammenzog und mir die Scheidenflüssigkeit von den Schenkeln tropfte. Woher ich das so genau wusste? Einer der Wüstlinge glitt gerade mit den

Fingerspitzen durch meine glitschigen Säfte.

"Dein Körper lügt nicht." sprach Lev. Ich hörte, wie er sich die Finger leckte, konnte mich aber nicht umdrehen, um es mit eigenen Augen zu sehen. Tatsächlich konnte ich nichts anderes tun, als an die weiße Wand vor mir zu starren. Bis Tor vor mich trat, seine Hose öffnete und seinen Schwanz herauszog.

Klatsch!

Aua! Ich verkrampfte und versuchte, mich von den stechenden Hieben, die Lev auf meinen Arsch niederprasseln ließ, abzuwenden. Ich konnte mich aber absolut nicht rühren. Die Nachhitze des letzten Hiebes entsendete einen Blitzschlag der Bedürftigkeit zu meiner Muschi und mein Körper begann zu zittern.

"Das war dafür, weil du mir nicht umgehend gehorcht hast. Eigentlich wären wir jetzt fertig, aber offensichtlich brauchst du noch mehr Haue."

Klatsch!

"Das war für deine Aufmüpfigkeit."
Klatsch!
"Und das hier, weil du dich dem Hintern versohlen verweigert hast. Es gefällt dir, wenn du versohlt wirst."

"Es gefällt *mir*, deine pinkfarbenen Handabdrücke auf ihrer weichen Haut zu sehen." sagte Drogan. Was für ein anmaßender Mistkerl er doch war. "Darf ich dich kurz unterbrechen, Lev? Nur für einen Moment?"

Lev willigte ein und ich spannte mich erwartungsvoll an, als Drogan zwischen meinen Beinen auf die Knie ging.

Tor befand sich direkt vor meiner Nase und umfasste die Wurzel seines Schwanzes, um sich zu streicheln. Ich konnte ihm nur dabei zusehen, wie der Lusttropfen aus der Eichelspitze heraussickerte und auf dem Metallring einen dicken Tropfen formte. Voller Vorfreude darauf, ihn zu kosten leckte ich mir die Lippen. Hoffnungslos gelüstete ich nach seinem Schwanz, obwohl ein verschrobener Teil von mir der Meinung war, dass ich ihn dafür hassen sollte, dass ich auch mich hassen sollte, weil ich mehr von ihm wollte.

Ich schrie auf, als Drogans Mund auf meiner Muschi aufsetzte. Er leckte und saugte an mir und drang mit seiner Zunge tief in mich ein, bis ich mich zuckend auf der Bank hin und her wandte. Ich machte den Mund auf, um laut zu schreien, aber Tor nutzte diesen Augenblick und ließ seinen Schwanz ein paar Zentimeter weit in meinen Mund gleiten, es war gerade tief genug, um mich mit seinem Lusttropfen anzuheizen. Die Substanzen in seinem Sperma trafen meinen Blutkreislauf wie glühende Lava, die durch meinen Körper strömte. Ich sah Sternchen vor mir, als Drogans Mund fest an meinem Kitzler saugte. Ich war bereit und würde jeden Augenblick kommen.

In stiller Übereinstimmung ließen die beiden von mir ab, sie ließen mich stöhnend zurück. Flehend. Himmel, es war erbärmlich. Ich kam mir vor wie ein wildes Tier, vollkommen außer Kontrolle. Ich brauchte sie. Ich wollte sie. In meinem Mund, in meiner Muschi, in meinem Arsch. Überall. Ich brauchte—

Levs riesige Hand streichelte meinen Arsch, als handelte es sich dabei um ein heiß geliebtes Haustier und mit einem verzweifelten Bedürfnis nach Körperkontakt drückte ich mich zu ihm nach hinten. "Du wirst jetzt deine Bestrafungshiebe zählen, Leah. Wir fangen mit zwanzig an. Wenn du brav bist, darfst du vielleicht mehr bekommen."

Lev fing an, mich zu versohlen und jedes Mal keuchte ich aufgrund der glühenden Hitze, dem Kribbeln und dem brennenden Schmerz. "Eins. Zwei." Ich zählte mit und blickte dabei unentwegt auf Tors Schwanz. Mit jedem Hieb wurde ich auf der Bank ein Stückchen nach vorn geschoben und der Ring an meinem Kitzler berührte die feste Oberfläche, auf der ich lag. Ich wimmerte bei jedem Schlag. Die brennende Hitze, die sich in mir ausbreitete, war wie flüssige Glut.

Als ich bei siebzehn angekommen war, zerbrach tief in meinem Inneren etwas und ein unkontrollierbarer Sturm der Gefühle überkam mich, bis Tränen über meine Wangen kullerten. Die Wochen voller Angst und Sorgen darüber, dass mein Verlobter mich finden könnte, strömten aus mir heraus, als Levs feste Hand Schlag für Schlag auf meinem Arsch landete. Er hörte nicht bei zwanzig auf und ich wollte auch nicht, dass er stoppte.

Als ich von diesen Männern umgeben war, setzte mein rationaler Verstand aus und meine primitive, animalische Seite übernahm das Kommando. Ich wusste, dass ich in Sicherheit war. Ich war absolut sicher und ließ alle Hemmungen fallen. Ich verlor die Kontrolle. Ich schluchzte. Ich zählte weiter. Ich bat ihn, mich fester zu versohlen, mich aufzubrechen und mein Leid und meine Ängste aufzulösen. Obwohl ich Lichtjahre von der Erde entfernt war, hatte ich meine Emotionen mit mir gebracht, wie unwillkommenes Sperrgepäck. Ich wimmerte und bat meine Partner, mich zu nehmen, mich zu ficken und mich für immer zu beanspruchen.

Als ich bis dreißig gezählt hatte, war meine Haut schweißgebadet und mein Hintern pulste vor lauter Hitze. Mein Nippel waren so steif, dass es schmerzte und ich sehnte mich verzweifelt danach, endlich gefickt zu werden. Ich wollte gefüllt werden.

Ich brauchte den Orgasmus. Ich musste von ihnen ausgefüllt werden.

Levs Hiebe wandelten sich in ein zartes Streicheln, die süßeste Liebkosung und Tor trat an mich heran. "Mach auf, Leah."

Sein Schwanz war nur Zentimeter von meinem Mund entfernt und ich konnte nichts anderes tun, als ihm zu gehorchen. Ich wollte auch gar nichts anderes tun.

"Gutes Mädchen. Jetzt streck die Zunge raus. Ich werde auf dir kommen."

Ich sah ihm zu, wie er sich weiter wichste, bevor er die Spitze seines Schwanzes auf meine Zunge legte und der harte Ring nach unten drückte. Er stöhnte und heißer Samen floss aus ihm heraus und bedeckte meine Mundhöhle. Ich konnte ihn schmecken, er war salzig und heiß. Keuchend trat er zurück und ging vor mir auf die Knie.

"Schluck ihn runter."

Ich tat es und leckte anschließend meine Lippen. Innerhalb von Sekunden war ich derartig erregt, dass ich kurz davor stand, zu kommen. Ich schloss die Augen und stöhnte und gab mich ganz meinen Gefühlen hin. Fühlte es sich etwa so an, wenn man sich einen Schuss Heroin setzte? Pure Glückseligkeit?

"Oh Lev, bitte."

"Was, bitte?" wollte er hinter mir

stehend wissen, seine Stimme klang finster und rau.

"Du musst mich ficken."

Ich zerrte an meinen Fesseln und gierte danach, einen Schwanz in die Finger zu bekommen. "Bitte, ich brauche es." ich öffnete die Augen und geriet in Panik. "Das ist zu viel. Ich brauche es. Nimm mich!" schrie ich ihm zu.

Was war nur mit mir los? Ich war ... verzweifelt. Aber es artete erst dermaßen aus, nachdem ich Tors Samen heruntergeschluckt hatte. Himmel, die Macht des Samens von der sie gesprochen hatten verursachte diese Raserei. Der Gedanke versetzte mich einen Moment lang in Angst und Schrecken, aber dann erinnerte ich mich an Levs Worte. Der Samen wirkte gleichermaßen auf die Männer. Sie brauchten mich genau so, wie ich sie brauchte.

Eine Hand riss an meiner brennenden Arschbacke, sie zog meine Muschi weit auseinander, während ein

Schwanz gegen den Eingang drückte und dann tief in mich hineinstieß.

Ich schrie. Genau das brauchte ich. Einen dicken, heißen Schwanz. Sogar der herbe, moschusartige Geruch war verlockend.

Lev steckte tief in mir drin und lehnte sich über mich, er grub seine Zähne in die Stelle, wo mein Nacken meine Schulter traf und zog seinen Schwanz wieder zurück, um ihn erneut tief dorthin zu stoßen, wo er hingehörte. Der Winkel, in dem ich auf er Bank lag, sorgte dafür, dass mein Arsch erhöht war und sein Schwanz perfekt in mich hineingleiten konnte, so wie ein Schwert, dass in eine Scheide glitt. Ich konnte nicht anders, als seine festen Stöße zu nehmen. Jetzt, als er in mir war, beruhigte ich mich schließlich und gab mich ganz der Sache hin.

"Seit du transportiert worden bist, hab' ich deinetwegen einen Steifen. Ich glaube nicht, dass mein Schwanz jemals wieder erschlaffen wird. Verdammt, ich komme mir vor, wie ein notgeiler Teenager. Ich werde gleich kommen."

Feuchte Fickgeräusche füllten den Raum. Tor strich mir das schweißgebadete Haar aus dem Gesicht und auch in ihm erblickte ich ungebändigte Lust.

"Du brauchst Schwänze, Leah? Wir sollen dich füllen und unseren Samen in dich spritzen? Keine Sorge, wir werden uns um dich kümmern." Ich schaute nach oben und sah Drogan, wie er sich seiner Kleider entledigte. Sein Schwanz federte befreit und war bereit, auch an die Reihe zu kommen.

"Komm, Leah. Komm für uns, jetzt!" Lev war derjenige, der mich über den Abgrund stieß und mich mit jedem Hieb seines Schwanzes in Ekstase versetzte. Gekonnt rieb er über jede empfindliche Stelle in meinem Inneren und seine Hand setzte dabei fest auf meinem Hintern auf, er versohlte eine Pobacke nach der anderen, während er mich genüsslich durchfickte.

Als er tief in mir kam, bedeckte sein Samen meine Scheidenwände und ich kam erneut. Ich stöhnte, als er aus mir herausglitt, aber sie ließen mich nicht hängen. Drogan machte sich an mir zu schaffen, während Tor an meinen Brüsten spielte und an meinen Nippeln zog. Er stimmte seine festen Kniffe mit den tiefen Stößen von Drogans hartem Schwanz ab. Drogan rieb meinen Kitzler und streichelte mühelos einen weiteren Orgasmus aus mir heraus, während auch er zum Höhepunkt kam und sich in mir entleerte.

Ich war am Ende, erschöpft, und es gelang mir nicht, wieder runterzukommen. Mein Körper verspürte immer noch ein sehnsüchtiges Verlangen für diese Männer, wie ein Lauffeuer auf trockener Steppe brauste es durch mich hindurch. Tor ließ von meinen Brüsten ab, um hinter mir Platz zu nehmen und mich zu ficken und ich konnte die Leere in meiner Muschi kaum aushalten, die kurze Abwesenheit war wie eine sinnliche Folter, die ich mir noch vor ein paar Tagen nie hätte vorstellen können.

Anstatt seinen Schwanz in mich hineinzustecken, spielte Tor erst eine Weile an meinem Poloch herum. Er öffnete mich mit seinen Fingern und dehnte mich mit einem Plug, den er tief in mich hineinschob. Eigentlich hätte ich entsetzt darüber sein müssen, denn ich hatte nie etwas in meinen Po eingeführt, ich wich aber nicht zurück. Es hätte schmerzen müssen oder zumindest unangenehm werden. Aber eine Art warmes, gleitendes und wohlriechendes Öl stellte sicher, dass ich nichts anderes verspürte als Wonne und sinnliche Lust, die sich immer stärker aufbaute, als ich an dieser neuen Stelle berührt und erkundet wurde. Erst als das ausgestellte Ende meine Pobacken auseinander presste und der dicke Plug mich umfassend dehnte, ging Tor dazu über, mich zu ficken.

Sein riesiger Schwanz füllte mich

und ich stöhnte unter dem Gefühl, durch und durch gefüllt zu sein. Tor griff nach meinen Pobacken, die nach Levs harten Schlägen immer noch brannten und packte fest genug zu, sodass neue Säfte durch meine Muschi strömten. Der Schmerz löste in mir eine Flut von Bedürfnis und Lust aus und erinnerte mich daran, dass ich ihnen gehörte. Für immer.

Tor bearbeitete meinen Arsch und der Eindruck, noch weiter auseinandergespreizt zu werden vernebelte mir die Sinne. Mein Körper zitterte. Ich war vollkommen außer Kontrolle und es war mir egal. Ich brauchte einfach das feste Stampfen seines Schwanzes, die zarten Berührungen von Drogans Hand auf meinem Rücken und das entschlossene Zupacken seiner Hand an meinem Schopf. Ich brauchte Levs heiße Zunge, die an meinen Nippeln spielte, während er zwei Finger in meinen Mund schob und ich das Aroma meiner eigenen

Muschi von seinem Fleisch lecken konnte.

Sie ließen nicht mehr von mir ab, sie hörten für Gott wer weiß wie lange nicht damit auf, mich zu ficken. Ich verlor jedes Zeitgefühl. Ich ließ alles los. Ich wusste nur, dass sie genauso unersättlich waren wie ich, ihre Schwänze wurden niemals schlaff. Obwohl meine Hüften erhöht lagen, quoll ihr Samen aus mir hervor, in langen Bahnen tröpfelte er nach unten über meinen Kitzler und rann über meinen Bauch. Das Letzte, woran ich mich erinnern konnte, war, dass ein paar starke Arme mich fassten und auf ein weiches Bett legten.

———

MITTEN in der Nacht wachte ich auf und blickte orientierungslos durch den dunklen Raum. Das Schlafzimmerfenster, welches sich normalerweise zu meiner Linken befand, war jetzt rechts. Man hörte keine

Straßengeräusche, keine summende Klimaanlage. Ich setzte mich auf und blinzelte und kam wieder ausreichend zur Besinnung, um mich zu erinnern. Vielleicht war es die Hand, die über meinen Oberschenkel wanderte, die mir dabei half, mich meiner neuen Realität wieder bewusst zu werden.

Ich befand mich auf Viken. Drei Männer lagen in meinem Bett. Ihr Geruch hätte mir früher auffallen müssen. Die drei rochen fast identisch, aber ich erkannte, dass jeder eine individuelle Note besaß. Lev roch düster und mächtig; Tor roch frei und selbstbewusst; Drogan roch wild und entschlossen. Rasch erfasste ich ihre subtilen Charaktereigenschaften—sogar über die Art und Weise, mit der sie mich fickten. Ich war davon ausgegangen, dass ich es nur auf eine Art mögen würde. Aber als jeder von ihnen zum Zuge kam, war ich jedes Mal gekommen. Himmel, das war ich tatsächlich.

Es gefiel mir, als Drogans Gesicht

zwischen meinen Oberschenkeln klemmte und ich dabei einen Orgasmus hatte. Es gefiel mir, gefickt zu werden und gleichzeitig den Hintern versohlt zu bekommen. Es hatte mir gefallen, dabei gefesselt zu werden. Ich mochte den Plug in meinem Arsch. Himmel, mit diesen Männern wurde ich zu einer richtigen Schlampe!

Was sie mit mir angestellt hatten, bevor ich erschöpft eingeschlafen war, wäre zu Hause wahrscheinlich in mehreren Bundesstaaten illegal gewesen. Hier aber war es anscheinend einfach nur normal. Die Viken hatten für Paare spezielle Zentren eingerichtet, um solche Praktiken zu erlernen. Plötzlich verspürte ich Scham. War es denn normal an eine Bank gefesselt zu werden und den Hintern versohlt zu bekommen? War es normal, dass ich das stechend heiße Gefühl auf meiner Haut genoss, nachdem Lev mich versohlt hatte? War es vertretbar, nach drei Männern sprichwörtlich süchtig zu sein?

War es normal, dass es mir gefiel, wenn an meinem Arsch herumgespielt wurde?

Nie zuvor war ich gekommen, ohne dabei an meinem Kitzler zu spielen und jetzt war ich pausenlos gekommen, und zwar ohne dort stimuliert zu werden. Selbst jetzt sehnte sich mein Körper weiterhin nach diesen Männern.

Er wollte einfach noch mehr. Meine Brüste kribbelten und meine Nippel waren hart. Ich brauchte in der Dunkelheit kein Augenlicht, um zu wissen, dass sie steil und steinhart nach oben standen. Als ich sanft meine Hände auf meine Brüste legte, entwich meinen Lippen ein leiser Seufzer. Ich änderte die Stellung, meine Muschi rutschte über das Laken und ich spürte meinen Klitorisring auf der Unterlage. Ich war geil, derartig geil, dass die Hitze in meine Adern zog und sich in meinem gesamten Körper ausbreitete.

Die Bettlaken raschelten und jemand machte das Licht an. Es war nur ein sanftes Leuchten. Genug, um sehen zu können, ohne dabei die Augen zu reizen. Ich war von drei nackten Männern umgeben. Das Laken, das uns bedeckte rutschte an mir herunter. Ich war ebenfalls nackt, hatte aber nur Augen für die gestählten Körper meiner Partner.

"Leah?" fragte eine schlaftrunkene Stimme. Ich unternahm keine Anstrengungen, um herauszufinden, wer es war, denn ich war viel zu erregt.

"Irgend ... irgendetwas stimmt nicht mit mir." flüsterte ich.

Die Männer richteten sich auf und Drogan setzte sich hinter mich, er legte eine Hand auf meine Schulter. Ich stöhnte, als er mich berührte. "Sie ist komplett aufgeheizt."

Ich ächzte und ohne zu überlegen warf ich mich zurück und spreizte weit meine Beine. Mein nuttiges Verhalten hätte mich beschämen müssen, aber ich war viel zu geil, um mir noch Gedanken darüber zu machen. Als die drei sich aufrichteten, um mich zu begutachten, packte ich meine Kniekehlen und zog die Beine auf und nach oben. "Bitte." ich flehte darum. Himmel, ich bettelte darum, dass sie mich fickten.

Ich blickte an mir herunter und konnte erkennen, dass meine Klitoris derartig geschwollen war, dass das Häubchen zurückgezogen war und der kleine Ring ein ganzes Stück weit von der empfindlichen Spitze entfernt ruhte.

Lev und Tor schauten sich kurz an. "Die Macht des Samens." sprachen sie im Chor.

"Ich werde deine Muschi essen, damit du nochmal kommst." Drogan flüsterte gegen meinen Nacken. "Deine Muschi ist noch zu wund, um dich wieder zu ficken."

Ich *hätte* wund sein müssen, sehr sogar, nachdem drei Männer mich durchgefickt hatten—immer wieder—aber ich war es nicht. Und selbst wenn, es war nicht wirklich wichtig. Mein Körper brauchte Schwänze und er brauchte sie jetzt.

"Nein." lautete meine Antwort. Ich drehte mich um und blickte Drogan in die Augen.

"Nein?" wiederholte er. "Du widersetzt dich uns? Hast du aus dem Arsch versohlen und dem Analplug von vorhin nichts gelernt?"

Ich schüttelte den Kopf und leckte meine Lippen. "Ich brauche mehr, ich brauche eure Schwänze. Ihr *müsst* mich ficken. Dein Mund auf meiner Muschi wird mir nicht genügen."

Ich schaute zu meinen drei Männern hoch. Sie türmten sich über mir auf, Besorgnis—und Verlangen—zeichnete sich in ihren Gesichtern ab.

"Du bist der Macht des Samens erlegen, Leah." sagte Tor. "Ich wusste nicht, dass sie so mächtig sein würde."

"Die Macht geht von uns dreien aus und nicht nur einem." fügte Lev hinzu. "Das wird sehr hart für sie werden."

"Bitte." ich flehte, aus meiner Muschi tropfte ihr Samen von vorhin und mein eigener Saft. Ich langte an mir herunter, glitt mit den Fingern über meine Spalte und schob sie in mich hinein. Wenn sie ihre Schwänze nicht in mich hineinstecken würden, dann würde ich meine Finger nehmen. Drogan und Lev packten je eines meiner Knie und zogen sie weit auseinander und nach oben, genau so, wie ich sie gehalten hatte und Tor ging zwischen meinen Schenkeln in Position. Sein Schwanz war steif und einsatzbereit, er pulste gegen seinen Bauchnabel.

Er zog meine Finger aus meiner Muschi und gab meine Hand in Levs Hand, der sie neben mich aufs Bett legte. Den Griff ließ er dabei keine Sekunde los.

Tor fing an, mit dem Plug in meinem Arsch herumzuspielen. Er zerrte daran, dann schob er ihn tiefer. Immer wieder. Ich wollte meine Hüften nach oben drücken, aber Lev und Drogan hielten mich fest.

Tor beugte seine Hüfte, brachte seinen Schwanz dicht an meine eifrige

Muschi und glitt in mich hinein. Er tat es mit einem langsamen, mühelosen Stoß und ich stöhnte, während ich die Augen schloss.

"Ja." stöhnte ich. Ich liebte es, wie er mich dehnte und dieses überwältigende Gefühl, gefüllt zu werden. Der Plug in meinem Arsch bewirkte, dass es sich unglaublich eng anfühlte. "Fick mich. Bitte! Ich brauche es."

Ich klang wie eine schamlose Schlampe und es war mir egal. Ich brauchte einen Schwanz und ich brauchte ihn jetzt.

"Mit Vergnügen, Liebes." Tor fing an, sich zu bewegen und mich innig zu ficken, während seine Brüder meine Beine auseinander spreizten. "Mit Vergnügen."

Tor

. . .

Wir befanden uns in einem Trainingszentrum für schwierige Bräute, Leah war jedoch ganz und gar nicht widerspenstig. Im Gegenteil, sie war übereifrig, unersättlich, gierig. Die Macht des Samens dreier Männer machte sie zügellos. Wir hatten sie auf der Bank genommen, ihr ganz einfach den Hintern versohlt und sie gefickt, aber die Macht des Samens weckte sie im Schlafe auf und wir mussten uns mitten in der Nacht erneut um sie kümmern. Sich um sie zu *kümmern* bedeutete, dass jeder von uns sie noch einmal ordentlich durchfickte. Leah bestand darauf, unsere Schwänze mit dem Mund sauber zu lecken und anschließend führte Drogan einen größeren Trainingsplug in ihren Arsch ein. Erst danach war sie ausreichend befriedigt und konnte wieder schlafen gehen. Jetzt im Morgengrauen schlummerte sie immer noch, aber keiner von uns wusste, wie lange noch. Wir waren es nicht gewohnt mit einer

Partnerin zusammen zu sein und wir waren es auch nicht gewohnt, als Brüder zusammen zu leben.

Drogan bereite im Küchenbereich eine einfache Morgenmahlzeit zu, während Lev und ich an einem kleinen Tisch am Fenster saßen. Das Wetter war schön und es waren bereits einige Paare auf den Beinen. Männer schlenderten mit ihren Partnerinnen umher, vielleicht waren sie auf dem Weg zu einer spezifischen Trainingshütte. Alles wurde hier angeboten und alle möglichen Fantasien konnten erfüllt werden. Man konnte lernen, wie man richtig mit einem Riemen umging oder eine Frau fesselte, ohne ihr dabei weh zu tun. Es gab Kurse, in denen man lernen konnte, wie man seine Braut mit der Zunge verwöhnte oder die Signale ihres Körpers richtig deutete. Die Bräute konnten das Schwanzlutschen lernen oder sogar ihre hintere Öffnung trainieren, damit sie von hinten ordentlich durchgefickt werden konnten.

Lev beherrschte anscheinend bereits die Kunst, Leahs Bedürfnisse richtig deuten zu können. Er wusste, was sie brauchte, selbst wenn sie es leugnete. Ich war gerade dabei, das auch zu lernen. Ich verstand nicht genau, woher er wusste, dass sie eine feste Runde Hintern versohlen benötigte, um sich zu befreien, aber sie brauchte es. Sie war total ausgeflippt, hatte geschrien und unter Tränen nach mehr Schlägen gebettelt.

Ich wollte vor allem mehr darüber erfahren, wie ich Leahs Arsch weiter dehnen konnte. Sie hatte mitten in der Nacht einen größeren Plug eingeführt, aber würde der sie ausreichend dehnen, um bereit für meinen dicken Schwanz zu sein? Lev wollte eventuell neue Methoden erlernen, um Leah zu fesseln oder sie noch umfassender zu unterwerfen. Und Drogan? Der war von Oralsex wie besessen und kannte sich damit anscheinend hervorragend aus, wenn man aus Leahs Orgasmen irgendwelche Schlüsse ziehen wollte. Alles, was wir wissen mussten, um unsere neue Braut zu befriedigen, konnten wir hier lernen. So lange nur jeweils einer von uns mit ihr unterwegs war, würde niemand hinter unsere Täuschung kommen. Die Narbe an Levs Augenbraue war das einzige äußere Merkmal, was uns voneinander unterschied, aber in Begleitung Leahs würde niemand mehr auf Levs Gesicht achtgeben.

Ich konnte mich nicht mehr konzentrieren, als sie mit gehärteten Nippeln vor meinen Augen lag.

"Regent Bard ist bei dem Angriff gestern getötet worden." teilte Drogan uns beiden mit, als er die Mahlzeit zubereitete.

Lev hatte seine morgendliche Tasse Kaffee halb an die Lippen gehoben und hielt inne. "Auf Viken United?"

Ich nickte. "Ich habe es im Osten gehört. Hast du gesehen, wie es passiert ist, Drogan?"

"Ja. Nachdem wir uns getrennt hatten, bin ich westwärts gelaufen. Der Regent kam gerade aus dem Transportzentrum. Gyndar begleitete ihn, als sie aus dem Hinterhalt angegriffen wurden." Drogan füllte das Essen in kleine Schalen. "Ich war ein gutes Stück weit entfernt, aber der Regent lag auf dem Boden, ein schwarzer Pfeil steckte in seinem rechten Auge. Gyndar kauerte über ihm, um ihm zu helfen, aber es war nichts mehr zu machen."

"Er hatte einen Pfeil im Auge? Das war sicher kein Zufall." vermutete ich. Wir waren Krieger und wir wussten, wie man jemanden gezielt zur Strecke brachte.

"Ich habe gesehen, wie es passiert ist." sprach Drogan, während er die Schälchen vor uns platzierte und dann seine eigene Portion nahm. "Der Attentäter lauerte auf einem Balkon in der Nähe. Er wartete dort, als wüsste er, wo der Regent sich gerade befand. Der

Angriff kam gezielt und wurde präzise durchgeführt."

Ich nahm einen Löffel und verrührte den proteinhaltigen Frühstücksbrei. "Jemand wollte ihn also loswerden. Zielte der Angriff auf Viken United also darauf ab, den Regenten zu töten, oder galt er uns?"

"Oder Leah." ergänzte Lev.

Keiner von uns konnte das beantworten.

"Wir sollten hier bleiben und uns verstecken, bis Leah unser Kind in sich trägt." sagte ich. "Bis dahin wissen wir vielleicht mehr."

"Ich befürworte den Plan des Regenten." sagte Lev. "Er wollte einen vereinten Planeten. Abgesehen davon waren wir mit unseren Sektoren nur ein paar Schwächlinge. Zusammen aber können wir über Viken herrschen. Wir können unser Kind lehren, ein besserer Mensch zu sein, ein besserer Anführer für uns alle."

Drogan schaute zu unserer Braut, die

friedlich auf dem Bett ruhte. "Sie wird hier nicht sicher sein, bis sie offiziell von uns beansprucht wurde."

Lev machte ein finsteres Gesicht und stellte seine Schale ab. "Bis sie schwanger ist, können wir keine Verbindung mit ihr eingehen. Das würden einem von uns einen Vorteil verschaffen, um das Kind zu zeugen."

Ich schluckte einen Löffel voll warmen Brei herunter. "Einverstanden. Aber sobald sie geschwängert wurde, müssen wir uns sofort an sie binden. Was bedeutet, dass wir uns auf das Training mit ihrem Arsch konzentrieren müssen. Sie ist letzte Nacht gut mit dem Plug zurechtgekommen, selbst mit dem größeren, aber damit wir die offizielle Bindungszeremonie abhalten können, müssen wir sie zur gleichen Zeit nehmen. Es ist ihr enger, jungfräulicher Arsch, der die Zeremonie herauszögert."

Drogan stimmte zu. "Ja, politisch ist das der beste Weg, um die Sektoren zufriedenzustellen, mit der

Von ihren Partnern beherrscht

Bindungszeremonie. Danach wird sie sicher sein, auch wenn wir uns trennen sollten. Auf persönlicher Ebene wird es Leah auch besser befriedigen, wenn sie offiziell mit allen drei Männern, mit denen sie fickt verpartnert wurde. Vielleicht wird die Wirkung des Samens dann ein bisschen nachlassen. Sie war unersättlich mit ihrem Drang, es war fast schon rauschhaft."

"Tor, da du vom Sektor Zwei kommst, bist du derjenige, dem Arschficken am besten gefällt." kommentierte Lev mit einem Grinsen.

Ich konnte mir das Lachen nicht verkneifen. "Und dir gefällt es etwa nicht?"

LEAH

"ICH SEHE NICHT EIN, warum das

notwendig ist." sagte ich flüsternd zu Tor.

Er umfasste meinen Ellbogen und führte mich über die sattgrüne Wiese zwischen den verschiedenen Gebäuden. Die Männer bezeichneten sie als Hütten, aber scheinbar war meine Vorstellung von einer Hütte vollkommen anders als auf Viken. Das waren keine Hütten, wie ich sie auf der Erde gesehen hatte. Sie ähnelten eher kleinen Häusern im Wald. Von außen wirkten sie urig und rustikal, die Innenausstattung mit Küche und Bad aber war gut durchdacht und modern. Viele Dinge waren hier anders. Die Viken waren eine Rasse, die sich im Weltall bewegte. Sie hatten Raumschiffe und technologische Errungenschaften, von denen ich nur träumen konnte … und trotzdem zogen sie es vor, recht einfach zu leben. Sie kochten ihre Mahlzeiten auf einem Herd und badeten in echtem Wasser, während zahlreiche andere Rassen über Einrichtungen verfügten, die ihre Körper sauber und rein hielten, ohne dass sie auch nur ein Haar krümmen mussten.

Wir waren auf einem einfachen Boot vom Transportzentrum an diesen *Ort* gefahren. Ein Trainingszentrum für Bräute! Ein Ausbildungszentrum, um *das Ficken* zu lernen. Die Männer behaupteten, es wäre für widerspenstige Partnerinnen gedacht. Ich war *nicht* widerspenstig. Sicher, ich hatte meine Bedenken. Und ich war durchaus eigenwillig. Ich war fassungslos, als Lev mir gestern den Hintern versohlt hatte, weil ich ihm während der Bootsfahrt nicht gehorcht hatte. Es schockierte mich, dass er diese eiserne *Disziplin* von mir verlangte. Es tat weh!

Aber es hatte mir auch erlaubt, mich gehen zu lassen und meine Ängste und meinen Kummer raus zu lassen. Ich war schockiert darüber, dass er mich versohlte, aber noch mehr überraschte mich meine eigene Reaktion. Der stechende Schmerz gefiel mir. Es gefiel mir, dass er mich zwang, endlich loszulassen. In den vergangenen Stunden hatte ich mir überlegt, was ich alles anstellen könnte, um mir eine weitere *Bestrafung* durch Levs Hände einzuhandeln. Ich hatte geweint, um mich getreten und geschrien und ich hatte alles rausgelassen, alle giftigen Emotionen entleert. Ich fühlte mich jetzt befreit und unbeschwert und nicht länger ängstlich oder nervös. Die Erfahrung hatte alles aus mir herausgeholt. Ich war erschöpft, aber ich wusste, dass ich dieses Stechen erneut spüren wollte. Ich hoffte, dass es mir helfen würde, mich zusammenzureißen. Ich verließ mich darauf, dass meine Partner mir dabei helfen würden und dass sie mich stärker machen und beschützen würden. Ich war dabei, mich in sie zu verlieben, ich war von ihnen abhängig, ich vertraute ihnen … und ich konnte verdammt nochmal nichts dagegen tun.

Ich hatte das Gefühl, dass Lev nicht alles aus mir rausgeholt hatte, und dass da noch mehr drin war, wenn ich es wollte. Mehr Schmerz. Mehr verborgene Abgründe in meinem Inneren. Ich war noch nicht bereit dazu, mich diesen Dingen zu stellen, aber diese drei Männer bewirkten, dass ich über Dinge nachdachte, die mir nie zuvor in den Sinn gekommen waren. Sie machten mich auch überaus geil und sexversessen. Ich erkannte sexuelle Bedürfnisse in mir, an die ich nicht zu denken gewagt hätte, bevor ich hierher gekommen war und mit drei derartig starken und dominanten Männer verpartnert wurde. Es war wie eine Sucht, sie waren wie eine Droge, ohne die ich nicht mehr weiterleben konnte.

Sie nannten es die Macht des Samens, diese chemischen Substanzen in ihrem Sperma, die mich so verrückt nach ihnen machte. Es hörte sich vollkommen lächerlich an, aber die Wirkung konnte ich nicht bestreiten. Selbst in diesem Moment war ich klitschnass, meine Muschi war geschwollen und sehnte sich nach den Schwänzen meiner Partner. Mitten in der Nacht war ich aufgewacht und hatte darum gebettelt, durchgefickt zu werden. Himmel, ich wurde rot im Gesicht als ich auch nur daran dachte, wie schamlos ich mich aufgeführt hatte. Ich war sogar darauf abgefahren, als ich den dickeren Analplug in meinem Arsch stecken hatte.

Ich war nicht mehr die Frau, die die Erde verlassen hatte. Ich war nicht länger die Tochter eines konservativen Stadtrats. Ich war schamlos und ungestüm und es war mir egal. In diesem Augenblick war es mir wirklich gleichgültig.

Tor führte mich durch die Hütten, seine breite Hand umfasste die meine vollständig mit seinem zarten Griff. Ich hatte ein neues Kleid an. Es ähnelte dem ersten Kleid, welches von meinen Partnern in ihrem Eifer mich zu ficken in Stücke gerissen worden war, aber es hatte eine andere Farbe. Das vorherige

Kleid hatte eine satte, leuchtend grüne Farbe gehabt. Dieses Gewand war dunkelbraun bis erdfarben und erinnerte mich an das Fell eines Bären. Tor hatte mich so angezogen, dass ich zu ihm passte. Und als wir die gepflegten Gartenwege zwischen den Hütten entlangliefen, berichtete er mir davon, wie hart es gewesen war, im Sektor Eins ohne Familie aufzuwachsen. Wie ein Ertrinkender, der nach Luft schnappte hatte er mich geküsst und mir geschworen, dass er mich oder das Kind, das sie so tatkräftig versuchten, in meine Gebärmutter zu pflanzen, niemals verlassen würde. Die Leidenschaft in seinen Augen überzeugte mich davon, dass er jedes Wort ernst meinte.

Ohne ein Wort zu sagen liefen wir eine Zeit lang weiter, aber ich spürte, dass irgendetwas meine Partner beunruhigte. Lev würde mir nie sagen, was los war. Das wusste ich. Er würde einfach von mir erwarten, ihm zu vertrauen. Er würde sich darum kümmern. Drogan? Nun, er würde es mir verraten, wenn ich ihn fragen würde, aber er würde sich sehr umsichtig dabei anstellen. Er war der diplomatischere unter den dreien. Derjenige, der für den Frieden sorgte und er sprach niemals, ohne seine Worte genau abzuwägen. Und Tor? Tor würde mir die Wahrheit sagen.

"Was ist hier los? Warum verstecken wir uns hier draußen, anstatt in eure Hauptstadt zurückzukehren?"

Tor drückte meine Hand und zog mich in den Schatten eines riesigen Baumstamms, wo uns niemand von den Spazierpfaden aus sehen konnte. Er beugte sich nach unten und zog mich an sich heran, um mir ins Ohr zu flüstern. "Erinnerst du dich an den alten Mann, denn du gestern getroffen hast, an Regent Bard?"

Ich nickte. Der alte Mann war sehr freundlich und erfreut darüber, mich auf Viken willkommen zu heißen und mich meinen Partnern vorzustellen.

"Er war Vikens Regent. Als Vorsitzender unserer Regierung hatte er extrem große Macht."

"Ich dachte, ihr drei seid sie Herrscher von Viken?"

Tor schüttelte den Kopf, seine Hände glitten sanft meinen Rücken auf und ab, bis ich mit ihm verschmelzen wollte. "Ja. Wir wurden als königliche Herrscher geboren, aber als Babys wurden wir voneinander getrennt. Vor deiner Ankunft hätte keiner von uns zugestimmt, nach Viken United zurückzukehren und dort zu herrschen. Der Regent hatte deshalb große Macht und er war damit beschäftigt, Viken in der interstellaren Koalition zu behalten. Aber er war nicht der wahre Herrscher des Planeten."

"Hast du gesagt, er *war*?"

"Er wurde bei dem Angriff gestern getötet. Durch einen Attentäter."

Ich dachte an den sanftmütigen und aufrichtigen alten Herren und legte meine Hand auf den Mund. "Um Himmels willen."

"Die Pläne des Regenten haben irgendjemandem nicht gefallen."

"Aber in dem Plan ging es um uns, Tor. Er wollte, dass ihr drei den Thron für euch beansprucht." Ich umfasste sein Gesicht mit meinen Händen und ich wusste, dass der instinktive Zorn, den ich verspürte, meine Stimme zittern ließ. "Du und deine Brüder, ihr seid sie wahren Herrscher von Viken."

Er nickte. "Unsere Eltern wurden getötet, als wir Babys waren. Lev, Drogan, und ich überlebten und wurden unter den drei Sektoren aufgeteilt, um den Frieden zu wahren. Wir wuchsen getrennt voneinander auf. Regent Bard bekam, was er wollte. Der Frieden hielt bis heute, aber fast dreißig Jahre lang war es ein sehr brüchiger Friede."

Ich fuhr mit dem Daumen über seinen Wangenknochen und blickte ihm in die Augen; ich spürte eine Verbindung auf Seelenebene. Er hatte mir bereits am Tag zuvor vom Mord seiner Eltern erzählt, trotzdem ...

"Ich verstehe das nicht. Willst du damit sagen, ihr kennt euch überhaupt nicht?" Er nickte erneut und ich empfand eine tiefe Traurigkeit für die drei. "Ich habe keine Geschwister, aber ich würde es hassen, wenn ich aus politischem Kalkül von meiner Familie getrennt worden wäre."

Er lehnte sich herunter und verpasste meinen Lippen einen züchtigen Kuss, obwohl seine großen Hände, die meinen Hintern durchkneteten alles andere als unschuldig waren. "Deswegen bist du so wichtig. Eine Frau, die uns allen dreien zugeteilt wurde. Die von uns dreien begattet wird und ein Kind zur Welt bringen wird, das von uns dreien gezeugt wurde. Das Baby wird über den vereinten Planeten herrschen."

"Aber wenn sie den Regenten getötet haben, werden sie dann nicht versuchen, euch auch umzubringen?" fragte ich mit aufgerissenen Augen. Wer auch immer es war, der den Planeten übernehmen wollte, ich wusste, dass diesem Ziel drei sehr gutaussehende Männer im Wege standen.

Er zuckte leicht mit den Achseln. "Möglicherweise, aber wir glauben, dass du diejenige bist, die am meisten in Gefahr ist. *Du* bist diejenige, die den rechtmäßigen Thronfolger zur Welt bringen wird. Wir ficken dich nur und füllen dich mit unserem Samen. Du wirst die Mutter des Herrschers über den Planeten sein. Dein Kind wird den Thron von ganz Viken erben."

Ich blickte mich um und stellte mir vor, mit Pfeil und Bogen bewaffnete Männer würden plötzlich auftauchen und uns angreifen. "Sind wir hier in Sicherheit?"

Er legte seine mächtigen Hände auf meine Schultern und lehnte sich nach vorne, damit ich in seine dunklen Augen blickte. "Wir werden niemals zulassen, dass dir etwas zustößt. Darin musst du uns einfach vertrauen. Während wir uns hier verstecken, wird sich nur einer von uns mit dir zeigen, die anderen beiden bleiben außer Sichtweite und es wird so aussehen, als wären wir bloß ein weiteres, frisch verpartnertes Viken-Pärchen."

"Wird man dich nicht erkennen?"

Tor grinste. "Nein. Auf unserem Planeten werden keine Bilder verbreitet, so wie es anderswo üblich ist. Bei uns wird alles über eine strenge Hierarchie gehandhabt. Befehle und Gesetze werden von den ranghöchsten Mitgliedern der Gesellschaft bis zu den einfachen Bauern und Soldaten weitergereicht. Ich bezweifle, dass irgendwer hier jemals einen anderen Machthaber gesehen hat als die örtliche Führung."

Ich blickte nach unten auf das leuchtend grüne Gras. "Einverstanden. Aber als ich heute Morgen aufwachte, habt ihr über etwas geredet. Was hat diese ganze Geschichte mit dem Training von meinem Arsch zu tun?"

Er lächelte. Ich konnte es aus dem Augenwinkel sehen. "Es gibt eine Zeremonie, die unsere Verbindung dauerhaft und rechtsgültig machen wird. Die Macht des Samens wird sich bei dir und bei uns immer noch bemerkbar machen, nach der Verbindung aber wird sie unsere Körper mit weniger Nachdrücklichkeit beherrschen."

"Du meinst, ich werde danach noch an etwas anderes denken können, als an Sex?"

"Ich hoffe nicht." Er zeigte mir ein reueloses, überaus verführerisches Grinsen. "Aber ohne die Zeremonie würdest du für den Rest deines Lebens verrückt nach uns sein. Das Verlangen kann ziemlich stark werden und es ist bekannt, dass es schon einige unverpartnerte Frauen in den Wahnsinn getrieben hat."

"Du meinst, ich werde immer diese

… verzweifelte Lust verspüren?" Diese Idee gefiel mir nicht besonders. Ich mochte es, erregt zu werden, ab das hier … war einfach zu viel.

"Nicht, wenn du dich an uns bindest. Uns alle drei. Nachdem wir dich beansprucht haben, wirst du immer noch die Macht des Samens spüren, aber das Gefühl wird viel dezenter sein."

Mehr brauchte ich nicht zu wissen. Die Macht des Samens brachte mich gegenwärtig an meine Grenzen. Mein Körper sehnte sich danach, gefüllt und berührt zu werden. Ich sehnte mich nach den Berührungen meiner Männer. Ich brauchte sie. Die Vorstellung, wieder klar denken zu können und wieder laufen zu können, ohne dass meine Kleidung meine überempfindliche Haut reizte und mich ständig in Gedanken abschweifen ließ, war verlockend. "In Ordnung. Ich werde die Verbindung mit euch eingehen." Ich konnte spüren, wie sich meine Wangen aufheizten und wusste, dass mein

Gesicht dunkelrosa anlief. "Mit euch allen dreien."

"Um dich an uns zu binden, musst du mit uns dreien gleichzeitig ficken. Ich werde deinen Arsch nehmen, Lev deine Muschi und Drogan wird deinen Mund ficken. Nur dann wird die Verbindung auf Viken anerkannt werden."

Die Vorstellung, allen drei Männern zu dienen, zwischen sie gequetscht zu werden und ihre Schwänze zur gleichen Zeit in mir zu spüren und zu kosten, ließ mich aufstöhnen. Tor lachte und zog mich zurück auf den Spazierpfad. "Deswegen musst du trainieren. Ich möchte dir nicht wehtun. Ich bin ein großer Bursche und dein Arsch ist sehr eng." Wir stoppten vor einer Hütte.

"Ich hatte die ganz Nacht über einen Plug in mir drin." argumentierte ich.

Tor hielt die Tür für mich auf und führte weiter aus. "Ja, aber die Plugs, die dein süßer kleiner Arsch angenommen hat, waren beide nicht so groß wie mein Schwanz. Wir werden uns jetzt daran machen, dieses jungfräuliche Loch schön weit zu dehnen, damit es bereit für mich ist. Es gibt dabei nur ein Problem, Leah."

Ich schaute ihn schief an. Nur ein Problem? Anscheinend wurde alles, was mit meiner Ankunft auf Viken zusammenhing zum Problem.

"Das hier ist ein Zentrum für widerspenstige Partnerinnen. Das heißt, von den Trainern hier wird ein bisschen mehr Disziplin, ein etwas höherer Grad der Unterwerfung erwartet."

"Du verlangst, dass ich mich dir verweigere?" Ich leckte meine Lippen. "Das dürfte schwierig werden aufgrund meines ... Verlangens."

Daraufhin grinste er erneut und sein Blick verdunkelte sich. "Ich liebe deine Begierde für uns. Was hältst du davon: tu so, als würdest du dich widersetzen. Tu einfach so, als wärst du ein böses Mädchen." Er strich mit dem Finger über meine Wange und streifte mein

Haar zurück. "Kannst du für mich ungezogen sein?"

"Bedeutet das etwa, dass ich wieder versohlt werde?"

Er neckte mich. "Ungezogene Mädchen dürfen sich nicht so sehr auf eine Runde Hintern versohlen freuen. Du wirst den Arsch versohlt bekommen und du bekommst etwas ziemlich Großes in deinen jungfräulichen Arsch gestopft." Er beugte sich vor und flüsterte: "Vergiss nicht, dich zu wehren."

Ich wusste, was das bedeutete und meine Muschi wusste es ebenfalls, denn vor lauter Vorfreude lief es mir bereits an den Schenkel herunter, als Tor die Tür aufmachte. Mit einer Hand auf meinem Rücken geleitete er mich hinein. Als wir eingetreten waren, hielt ich kurz inne und atmete tief aus. Vielleicht würde es gar nicht so schwer werden, mich zu widersetzen. Dem Drang nach meinen Partnern nachzugeben war nicht dasselbe, als das, was ich vor mir sah, zu akzeptieren.

Die Hütte hatte einen einzigen Raum, der ausschließlich dem Arschtraining gewidmet war. Ich gluckste bei diesem wahnwitzigen Anblick—etwas Derartiges konnte ich mir nicht auf der Erde vorstellen—hielt mir aber die Hand vor dem Mund. Eine Frau lag flach mit dem Rücken auf einer weichen Matte. An der Wand hinter ihr waren Gurte an Haken befestigt. Sie reichten zu ihren Knien und zogen ihre Beine weit auseinander, ihr Hintern schwebte über dem Boden. Ihre Muschi wurde großzügig ihrem Partner zur Schau gestellt, der zwischen ihren gespreizten Schenkeln kniete. Da das hier der Arschtrainingsraum war, fickte er sie nicht. Also er fickte sie nicht mit seinem Schwanz. Er verwendete einen sehr dicken Dildo, und zwar nicht an ihrer Muschi, sondern an ihrem Hintereingang. Sie hielt die Augen geschlossen und keuchte, ihre Haut funkelte schweißgebadet. Ihr Partner beugte sich über sie, er führte zwei lange

Finger in ihre nasse Muschi aus und ein, während der Dildo in ihrem Arsch steckte. Er senkte seinen Mund, um ihren Kitzler zu saugen, so fest, dass ich ihr zartrosa Fleisch sehen konnte, als er ihn anhob und nach oben zog. Sie drückte den Rücken durch und machte ein wimmerndes Geräusch, das ich nur all zu gut kannte, denn erst vergangene Nacht hatte ich die gleichen Töne von mir gegeben, als ich meine Partner anflehte, mich zu ficken. Die Frau stand kurz davor zu kommen. Ich verkrampfte und klemmte die Beine zusammen. Ich drückte gegen die Leere die ich verspürte, als ich zusah, wie sie erbebte und am ganzen Körper zitterte, als er sie an den Rand des Orgasmus brachte, um kurz davor seine Finger und seinen Mund zurückzuziehen und sich weiter daran zu machen, sie mit dem Dildo in ihrem Arsch zu ficken.

Ihre Muschi war tropfend nass und ich beobachtete, wie sich ihre Muskeln verkrampften und wieder entspannten, während sie bearbeitet wurde. Während sie gefickt und dominiert wurde.

Die Frau schrie vor Erleichterung und ich musste auf meine Lippen beißen, um nicht auch zu schreien. Ich bemerkte nicht, dass ich Tors Hand mit eisernem Griff festhielt, bis er meine Hand drückte und sich herunterbeugte, um mir etwas ins Ohr zu flüstern. "Du bist als nächste dran, Süße."

"Guten Morgen." Ich drehte mich um, als ich die Begrüßung vernahm. Der Viken-Mann, der zu uns sprach, war einfach gekleidet, aber sein Oberteil hatte ein Abzeichen auf der Brust, welches ihn als einen Trainer des Zentrums auswies. "Das frisch verpartnerte Paar beendet gerade seine Sitzung."

Die Bemerkung saß, denn das zweite, tiefe, lustvolle Stöhnen dieser Frau erfüllte soeben den Raum. Tor grinste anstößig und der Trainer war ausreichend professionell, um gelassen zu bleiben.

"Bis sie ihre Partnerin auf der Trainingsbank platziert haben, wird das andere Paar schon gegangen sein."

Tor nickte, dann blickte er zu mir. "Mach dich bitte frei."

Zaghaft blickte ich zu Tor, dann auf die Bank, auf welcher mein Hintern in die Höhe ragen würde und fürs Training bloßliegen würde. Es erregte und verängstigte mich gleichzeitig. Es hatte mich erregt, als einer der Männer mit meinem Arsch spielte, während wir unter uns waren und uns alle zusammen anfassten, küssten und fickten. Hier aber war ich mir nicht so sicher.

"Komm, Liebes. Wir haben darüber geredet. Mein Schwanz ist so dick wie dein Handgelenk, aber er *wird* in deinen jungfräulichen Arsch reinpassen."

"Aber ..."

"Du hast die Wahl."

Bei dieser Aussicht hellte sich mein Gemüt auf. "Du kannst dich auf die Bank legen und ich führe einen Trainingsplug in dich ein und werde dich vor Wonne zum Schreien bringen. Oder du legst dich auf die Bank und sobald du einen schön dicken Plug im Arsch stecken hast, werde ich dir den Arsch versohlen, bevor ich dich kommen lasse."

"Das kann nicht dein Ernst sein?"

"Du bekommst den Arsch versohlt."

Mir stand der Mund offen und Tor zog eine Augenbraue hoch. "Du kannst dich jetzt hinlegen und bekommst nur einmal den nackten Arsch versohlt, Leah, oder wir diskutieren weiter und ich werde deine Schenkel versohlen und dich nicht kommen lassen."

Der Trainer nickte mir zustimmend zu, als ich schockiert in die Gegend starrte, aber ich wusste, das Tor es mit jedem einzelnen Wort Ernst meinte. Ich zitterte wie Espenlaub und lief pinkfarben an, als der Trainer mich mit großem Interesse beäugte und jeden Zentimeter meiner Haut musterte, während ich das Kleid öffnete und es über meine nackten Brüste und Hüften fallen ließ, bis es zu meinen Füßen lag. Einmal nackt, blickte ich so beherzt wie möglich zu Tor und ging auf die Bank zu.

"Sehr schön, Leah." Tor flüsterte und sosehr ich auch aufgrund dieser ganzen Situation wütend auf ihn sein wollte, sein Lob erweichte mein Herz und ließ meine Muschi feucht werden. Ich wollte ihn glücklich machen. Ich wollte ihm gefallen.

"Mit ein bisschen Training wird sie sich hervorragend unterwerfen. Sie haben Glück." Ich hörte den Trainer hinter mir reden und schaute mit gesenktem Blick kurz zu ihm herüber. Er konnte alles sehen und er würde alles beobachten, was Tor mit mir anstellen würde. Ich war nicht besonders froh darüber. Es gefiel mir nicht sonderlich, wie sein neugieriger Blick sich verdüsterte, als er meine Brüste begaffte oder wie er den Blick senkte, um damit auf meiner feuchten Mitte zu verweilen.

Er war unwichtig. Er hatte kein

Recht, mich anzuschauen. Ich bemühte mich nicht darum, ihm zu gefallen. Er bedeutete mir nichts.

Als mein Zorn sich weiter auftürmte, verengte sich meine Muschi und ich spürte, dass meine Erregung abflachte. Ich war kein Spielzeug für diesen alten Mann. Ich gehörte ihm nicht.

"Schau mich an, Leah." Tor schimpfte und ich wandte meinen Blick von dem älteren Trainer ab und schaute zu meinem Partner. Als er mich anblickte, waren seine Augen dunkel vor Lust, er versuchte nicht zu verbergen, dass mein Körper ihn antörnte. "Niemand sonst ist hier. Verstehst du? Du wirst nur auf meine Stimme hören. Du wirst nichts anderes als meine Berührungen spüren. Das wird mich zufrieden stellen. Du bist hübsch und ich möchte sehen, wie du dich nach mir sehnst. Ich möchte sehen, wie er dir dabei zusieht, wenn du für mich kommst und wie er mich um meine prächtige Partnerin beneidet." Er trat näher, hob mit einer Hand mein Kinn nach oben, mit der anderen Hand auf meinem Arsch zog er mich dichter an seinen festen Körper heran. "Ich will, dass er deinetwegen einen Steifen bekommt. Ich will, dass er verzweifelt, weil er weiß, dass du mir gehörst und er dich nie berühren darf, weil du mir gehörst. Verzaubere ihn mit deiner Schönheit, Leah."

Oh ja. Das könnte ich tun. Ich könnte meinen Partner in den Augen des alten Mannes wie einen Gott erscheinen lassen. Aber unter einer Bedingung. "Du wirst nicht zulassen, dass er mich anfasst? Ich möchte von niemand anderes angefasst werden, außer von dir." Ich ließ ihn tief in mein Inneres blicken und es war mir egal. Meine Partner durften mich halten, mich berühren, mich in Besitz nehmen. Aber sonst durfte das niemand. Ich vertraute niemandem sonst und ich wollte niemand anderes.

"Vertrau mir, ich teile dich nicht."

Seine Worte beruhigten mich. Ich nickte ihm kurz zu und ließ mich von ihm zur Bank geleiten. Die Vorderseite meiner Oberschenkel und untere Hüften pressten nach unten. Tors feste Hand auf meinem Rücken presste mich nach unten, auf den gepolsterten Tisch vor mir und ich legte mich bereitwillig hin. Meine Muschi wurde bereits feucht als ich daran dachte, was sich gerade auf dem Tisch neben uns abgespielt hatte. Die Frau, die vor Lust geschrien hatte, war jetzt in eine weiche Decke gewickelt und ruhte zusammengerollt und glücklich an der massiven Brust ihres Partners, während dieser sie aus der Hütte trug und Tor und mich mit dem Trainer allein ließ.

"Wird sie Fesseln benötigen?" fragte der Trainer.

Ich schaute auf die Wand vor mir. Sie war mit Haken übersät, an denen Plugs in verschiedenen Formen und Größen herunterbaumelten. Ich schluckte und fragte mich, welchen davon Tor wohl auswählen würde.

Tor ging zur Wand und nahm einen kleinen Plug, der etwa so groß war wie einer seiner Finger. Dann nahm er einen sehr viel größeren. Wow, dieser Plug war *riesig*, er hatte Knubbel und eine Art Schaltknopf ... würde er vibrieren?

"Leah wird ein gutes Mädchen sein und diesen Plug nehmen." er zeigte dem Trainer den kleineren Stöpsel. "Ohne sich zu widersetzen oder ich werde sie fesseln und diesen hier in sie einführen." Er hob den Monsterplug hoch.

Die Warnung war Ernst gemeint und ich hatte die Wahl.

"Hier ist das Glas mit dem Gleitöl. Haben sie genug davon in ihrer Hütte?"

"Ja, vielen Dank." Tor stellte das Glas auf einen kleinen Tisch und ich sah zu, wie er den kleinen Plug mit der schlüpfrigen Substanz einschmierte. Anschließend tauchte er zwei Finger in das Gefäß und trat von hinten an mich heran.

"Atme, Leah."

Als Tors kalte Finger über mein Poloch glitten, quiekte ich überrascht, aber ich rührte mich kein bisschen.

"Man kann nie genug Gleitöl verwenden." kommentierte der Trainer.

Ich errötete, als der Trainer weitere Ratschläge gab und Tor sich an meinem Arsch zu schaffen machte und mich langsam dehnte, um seinen Finger in mich hineingleiten zu lassen. Ich atmete durch das anfängliche Brennen hindurch und presste gegen den einzelnen Finger, da das Gefühl, mit der Fingerspitze gefüllt zu werden mich umgehend erregte. Gerade als ich anfing, diesen Reiz, diese zaghafte Invasion zu genießen, zog er ihn wieder heraus.

Ich fing an, vor lauter Enttäuschung zu schreien, aber das dauerte nicht lange. Plötzlich presste das harte Ende des kleineren Plugs gegen meinen Hintereingang und rutschte ohne großen Widerstand in mich hinein. Ich hechelte, als der Plug in mir steckte und wackelte mit den Hüften, um es mir bequemer zu machen. Es tat aber nicht weh. Sicher, es fühlte sich unangenehm an, aber es war nicht schlimmer als der Stopfen, den meine Partner in der Nacht zuvor verwendet hatten.

Tor kam um mich herumgelaufen und ging vor mir in die Hocke, damit wir auf Augenhöhe waren. Er strich mir das Haar aus dem Gesicht und blickte mir in die Augen. "Gutes Mädchen." Er lächelte und ich konnte nicht anders, als sein Lächeln zu erwidern. "Das war aber viel zu leicht. Schließlich befinden wir uns hier im Training."

Ich hatte keine Zeit, den Gehalt seiner Worte zu erfassen, denn er ging sofort wieder nach hinten.

Ich ging davon aus, dass er den Plug wieder herausziehen würde, stattdessen aber spürte ich, wie der andere, viel größere Plug gegen den Eingang meiner nassen Muschi drückte. Meine Beine zitterten und ich presste mit der Stirn nach unten gegen den Tisch, verzweifelt umklammerte ich die Kanten, als er sanft in mich eindrang und den großen Dildo langsam aus meiner nassen Mitte ein und ausgleiten ließ. So langsam. Ein. Aus. Die Spannung, die der Plug in meinem Arsch erzeugte, bewirkte, dass sich der Zweite in meiner Muschi unglaublich riesig anfühlte. Ich war voll. So voll.

Tor bearbeitete mich damit, er fickte mich, bis schweißgebadet war und verzweifelt kommen wollte.

"Sie ist sehr feucht." kommentierte der Trainer. "Sie können sehr zufrieden sein. Für einige Partnerinnen ist es gar nicht so einfach, beim Arschtraining erregt zu werden."

Tor umfasste beide Plugs und begann, mich mit ihnen zu ficken; abwechselnd ließ er einen tief in mich hineingleiten, während der andere fast draußen war. Er ahmte nach, wie es sich anfühlen würde, wenn zwei Schwänze mich füllten, aber das wusste der Trainer nicht. Die Stimme des alten Mannes klang zerbrechlich, als ob er nicht richtig Luft bekam.

"Sie sollten ihre Muschi ficken, wenn sie den Plug im Arsch stecken hat. Sie wird ihren Schwanz besonders fest umschließen. Das ist eine hervorragende Übung für ihre Partnerin und für sie wird es ebenfalls eine sehr angenehme Erfahrung werden."

Tor gab darauf keine hörbare Antwort, aber er fickte mich schneller mit den Plugs, ich stöhnte bei dem Gefühl und ignorierte das Gelaber des alten Mannes über Übungstechniken. Ich kümmerte mich nicht um ihn. Ich konzentrierte mich gänzlich auf Tors flüsterndes Lob, als er mit meinem Körper spielte und auf das flutschende Geräusch der Plugs, als er mich mit ihnen ausfüllte.

Ich biss auf meine Lippe, erzitterte und stand kurz davor, als er beide Plugs tief in mich hineinschob ... und dann aufhörte.

"Es ist an der Zeit, dir den Hintern zu versohlen, du freches Mädchen."

Ich hätte ihn angefleht, wenn er mich daraufhin verschont hätte, aber mir war klar, dass das pure Zeitverschwendung wäre. Insbesondere, da er mir das Arschversohlen vor dem Trainer versprochen hatte.

Seine Hand setzte auf meinem nackten Arsch auf und ich presste die Pobacken zusammen, als der stechende Schmerz mich überraschte und meine Muschi und mein Arsch sich um die Plugs zusammenzogen.

Oh Gott. Mehr. Ich wollte mehr.

Ich konnte meine Schreie nicht unterdrücken, als er immer wieder meinen bloßen Hintern versohlte. Das feurige Brennen breitete sich in meinem Körper mit jedem festen Hieb und jedem bittersüßen Stechen aus. Ich zählte, weil es mir so aufgetragen wurde und die Zahlen in meinem Kopf waren das Einzige, was meinen Verstand beieinander hielt, als das

Brennen und die Lust meine Sinne überwältigte.

Tränen rollten über meine Wangen und verschmierten den Tisch, aber ich versuchte nicht einmal, sie zu stoppen. Sie waren in diesem Moment meine einzige Erleichterung. "Bitte!"

"Willst du etwa kommen?"

"Ja. Bitte. Bitte!" Ich schrie meine Forderung aus vollem Halse und er änderte seine Stellung hinter mir und zog beide Plugs fast vollständig aus meinem Körper heraus. Dort hielt er sie fest, die Enden steckten kaum in mir drin und er wartete darauf, dass ich innerlich zerbarst.

"Was willst du, Leah?"

Ich konnte nicht mehr reden oder antworten und presste mich einfach nach hinten, um zu versuchen, die Plugs wieder in mich hineinzudrücken. Er gab mir aber nur einen und ich schrie vor lauter Frustration, weil mein Arsch wieder voll war aber meine Muschi hungrig zurückgelassen wurde.

"Können sie uns alleine lassen? Ich möchte meine Partnerin jetzt gerne ficken, so wie sie es vorgeschlagen haben."

"Natürlich." flüsterte der Mann. "So wie ihre Partnerin reagiert, brauchen sie meine Hilfe nicht."

Tor machte sich weiter an meinem Arsch zu schaffen, bis die Tür zuging. Anschließend hielt er inne und beugte sich zu mir herunter, er bedeckte mein Hinterteil und meinen Rücken mit seinem festen Körper. Ich wurde auf den Tisch gedrückt, mein Körper glühte, als er auf mir lag. "Du hättest ihn sehen sollen, Leah. Du bist so wunderschön, so heiß, deine Muschi ist für mich ganz nass geworden." Seine Hand glitt über meine stechende Pobacke, sie wanderte zu meiner leeren Muschi und ich wimmerte. "Ich bin so stolz auf dich. Jeder Mann im Universum würde dich haben wollen, würde das hier haben wollen." Er ließ zwei Finger tief in meine Muschi hineingleiten. "Würde dich haben wollen."

Das intime hin und her rutschen seiner Finger in meiner nassen Mitte war wie ein Elektroschock für meine Sinne. Mein Körper zuckte unter ihm, ich verlor absolut die Kontrolle. Ich konnte mich nur an den Tischkanten festklammern und nach Luft ringen.

Tor stand auf und ging von mir herunter, noch einmal ließ er mich mit einer sehnsüchtigen und leeren Muschi zurück. Ich rührte mich nicht, sondern wartete einfach. Ich wusste, dass ich nicht kommen durfte, bis er es mir erlaubte. Ich weinte fast vor Erleichterung als ich hörte, wie Tors Hose auf dem harten Boden landete. Sekunden später stieß die heiße Spitze seines Schwanzes gegen meine Vulva. "Ich werde dich jetzt ficken. Und zwar hart."

"Ja!" Er glitt tief in mich hinein und ich schrie laut auf.

"Ich glaube, du magst es, den Arsch

voll zu haben." Er drang stoßend in mich ein.

"Ja!" wiederholte ich. Es fühlte sich eng und behaglich an, als sein großer Schwanz und der Plug in mir steckten. *So hart. So groß.*

Sein Lusttropfen beschichtete mit jedem Stoß seines riesigen Schwanzes meine Innenwände und ich wurde haltlos und wild. Er hätte den übergroßen Plug in meinen Arsch stecken können und ich hätte es geliebt. Mein Partner, unsere Verbindung, raubte mir den Verstand.

"Ich brauche es, Tor. Bitte." flehte ich ihn an.

"Du möchtest etwas Größeres in deinem Arsch spüren, während ich dich ficke?"

"Ja!" ich schrie.

Er zog aus mir heraus und ging zur Wand, es kümmerte ihn nicht um seinen Schwanz, der glitschig mit meinen Säften triefte. Er fand, wonach er suchte und hielt ihn nach oben. Ich schluckte, dann verkrampften sich meine Muskeln um den kleinen Plug herum. Ich stöhnte, als ich Tor dabei zusah, wie er den Ersatz großzügig mit Gleitöl beschmierte.

Vorsichtig zog er den kleinen Plug aus mir heraus und ersetze ihn mit dem neuen, dem gewellten, höckerigen Plug. Als er ihn bis zur ersten Erhöhung in mich hineinschob, ließ er gleichzeitig seinen Schwanz in mich hineingleiten, aber nur ein paar Zentimeter tief. Als er sich zum zweiten Höcker vorarbeitete, drang sein Schwanz etwas tiefer in mich ein. Langsam und Stück für Stück füllte er meinen Arsch und meine Muschi. Ich erbebte, als der Sockel des Plugs meinen Arsch traf und seine stumpfe Eichel meinen Muttermund anstieß.

Mein Körper umklammerte die beiden dicken Stäbe und zog sie tiefer. Sicherlich konnten Lev und Drogan mich von der anderen Seite des Zentrums hören.

Tor fickte mich anschließend, er

fickte mich hart und schnell und ich kam immer wieder. Ich war so erregt und begierig, ich konnte nicht mehr aufhören. Jeder Orgasmus trieb mich weiter und höher, eine Spirale der Begierde ließ mich nach den Tischkanten greifen und nach mehr betteln. Meine Stimme wurde heiser, als ich nach mehr krächzte.

"Liebes, du drückst mich zu fest. Ich halte es nicht länger aus. Ich muss kommen."

Das tat er auch, sein heißer Samen spritze in mich, er bedeckte mein Inneres mit seinen besonderen Substanzen und löste bei mir einen weiteren Orgasmus aus. Ich bekam kaum Luft und konnte nichts anderes ausrichten, als mich befriedigt und erschöpft auszuruhen. Mein Geist war müde und teilnahmslos, als Tor von mir herunterrutschte; ein heißer Schwall seines Spermas folgte ihm, träufelte nach unten und bedeckte meine Innenschenkel.

Tor rieb mit den Händen an meinem Arsch und ich protestierte nicht, als er den kleineren Plug tief in meine Muschi einführte. Es gab keine Auseinandersetzung, keinen Streit. Ich gehörte ihm. Vollständig ihm.

Tor hob mein längst vergessenes Kleid auf und half mir auf meine wackeligen Beine, er legte eine Hand auf mich, um mir Halt zu geben, während er mir half, das Kleid wieder über meinen Körper zu stülpen.

"Willst du die Plugs nicht herausnehmen?" wollte ich wissen, während er mir die Tür aufhielt. Das helle Tageslicht blendete mich nach dem Aufenthalt in der schummrig-kühlen Hütte.

Tor schüttelte den Kopf. "Du bist im Training, Leah. Außerdem denke ich, dass Drogan und Lev gerne sehen würden, was du so angestellt hast."

Die Vorstellung, mein Kleid hoch zu ziehen und den anderen beiden Männern zu zeigen, wie voll ich war, brachte mich zum Orgasmus. Ich keuchte und schloss die Augen, als eine sanfte Welle der Wonne über mich kam. Als es vorüber war, schaute ich zu Tor. Er starrte mich mit großen Augen an.

"Die Macht des Samens ist wirklich beeindruckend. Wir müssen uns beeilen, ich bin wieder hart und bin mir sicher, dass die anderen dich auch brauchen."

8

rogan

ICH HATTE ES NICHT NÖTIG, **Leah nackt und an die Begattungsbank gefesselt zu sehen, um meinen Samen in sie hineinpumpen zu wollen. Mein Schwanz richtete sich schon auf, als ich sah, wie sie steif von ihrer Sitzung mit Tor zurückkam. Ich war mir sicher, dass sie einen dicken Plug in ihrem Arsch stecken hatte und konnte mir weder das**

breite Grinsen, das sich quer über mein Gesicht zog verkneifen, noch konnte ich meinen Schwanz daran hindern, groß und dick anzuschwellen. Dass sie so eifrig, willig und unterwürfig war, um unsere Bedürfnisse zu befriedigen, machte mich steinhart und erpicht darauf, sie erneut zu ficken.

Verdammt, nur die Gewissheit, dass sie nicht mehr weit von uns entfernt war, hielt Lev und mich davon ab, zu ihr zu eilen, um dem heftigen Drang unseres Samens Erleichterung zu verschaffen. Aber wir mussten uns versteckt halten, damit jedermann in den Fickhütten glaubte, dass Leah nur eine weitere Viken-Frau mit ihrem neuen Partner war. In unserer eigenen Hütte aber konnten wir hinter heruntergelassenen Rollos mit ihr anstellen, was wir wollten.

Wir verbrachten die gesamte Woche damit, sie überall außer auf der Bank zu ficken. Wir benutzten die Vorrichtung nur, wenn wir einen beachtlich größeren

Plug in ihren Arsch einführten oder wenn Lev ihr den Arsch versohlte ... nur so gesagt. Nach einer Woche waren wir alle drei zuversichtlich, dass wir sie auf einmal nehmen konnten, ohne ihr dabei weh zu tun, selbst mit der extra Portion Erregung, die der Samen verursachte. Es ging nicht nur darum, sie zu begatten, obwohl es nicht schwierig war, sie mit Sperma zu füllen.

Jedes Mal, wenn einer von uns sie mit sich nahm, erinnerten wir sie daran, dass sie unser ungezogenes, aufsässiges Mädchen spielen musste. Sie nutzt das aus und zwang Tor dazu, ihr draußen in der Nähe des Hauptweges den nackten Arsch zu versohlen, wo jeder Passant ihnen dabei zuschauen konnte. Ich hatte Leah zu einem Mentor fürs Muschi-Lecken mitgenommen. Ich war mir—genau wie Leah—ziemlich sicher, dass mein Mund auf ihrer Muschi sie zum Höhepunkt bringen konnte, aber wir mussten die Fassade aufrechterhalten.

Obwohl sie es genossen hatte, wie meine Zunge sie eine ganze Stunde lang folterte, verstellte sie sich nicht, als ich ihr erklärte, dass ich sie fesseln und auseinanderspreizen würde und jede ihrer Reaktionen wurde von einem Mentor beobachtet. Als ich ein Knie nach dem anderen festband und öffnete, hatte sie sich gewehrt und mich dazu gezwungen, ihr den Arsch zu versohlen, bevor wir überhaupt anfangen konnten. Die Tatsache, dass sie von den Hieben allein gekommen war, machte die Erniedrigung für sie nur noch größer. Aber ich belohnte sie recht umfassend mit meiner Zunge und meinen Fingern und der Mentor lobte ihr Talent, sich zu unterwerfen.

Die Gewissheit, dass sie es liebte, von uns beherrscht zu werden veranlasste Lev dazu, sie gelegentlich ans Bett oder auf den Tisch zu fesseln, um ihre Bedürfnisse zu befriedigen. Wir gaben ihr alles, was auch immer sie sich wünschte, was auch immer ihr Körper brauchte. Jeden Abend trieben wir sie an ihre sexuellen Grenzen und verwöhnten wir sie bis zur Erschöpfung.

"Eine Woche ist vergangen, Leah. Wir haben es so lange wie möglich herausgezögert."

Wir standen neben dem Bett, auf dem sie sich räkelte, sie strahlte mit ihrem roten Haar und hatte nichts an, um ihre Kurven zu verbergen. Sie setzte sich auf, ohne sich weiterhin ihres Körpers zu schämen.

"Oh?"

"Du musst zum Arzt gehen. Alle neuen Partnerinnen werden bei ihrer Ankunft auf körperliche Beschwerden hin untersucht, bei dir haben wir es herausgezögert."

"Deine Brüste sehen anders aus." sagte Tor.

Leah blickte an sich hinunter. Ich konnte sie Veränderung auch sehen.

"Ihre Brustwarzen sind größer." kommentierte Lev.

Wir setzten uns um sie herum mit aufs Bett.

Tatsächlich, ihre Nippel waren hellrosa und normalerweise kleinen Kreise hatten sich vergrößert. Sie verengten sich nicht mehr zu festen, kleinen Edelsteinen, sondern blieben aufgedunsen und voll.

"Alles ist größer." Lev nahm eine ihrer Brüste in die Hand und blickte zu mir. Ich umfasste die andere und sie war in der Tat schwerer. Voller.

Leah schloss die Augen, als wir an ihr herumspielten.

"Wir haben einen guten Grund, den Doktor zu besuchen."

Sie öffnete die Augen. "Nur weil meine Brüste größer sind, muss ich nicht zum Arzt. Das ist bloß PMS."

"Sie sind größer ... und sensibler." kommentierte Lev, als er mit dem Daumen über den Nippel fuhr und mich dabei komplett ignorierte.

Jeder von uns zählte die

Veränderungen auf, die wir feststellten —und spürten.

"Unser Samen hat Wurzeln geschlagen." vermutete ich.

Stolz und starke Erregung strömten durch meine Adern. Wir hatten sie mit Sicherheit ausreichend gefickt. Bei den ersten Anzeichen ihrer Schwangerschaft fühlte ich mich viril und mächtig.

Sie schüttelte den Kopf. "Es ist zu zeitig. Ich bin mir sicher, dass es nur PMS ist."

"Ich weiß nicht, was PMS sein soll. Falls es etwas Schlechtes ist, dann hättest du uns früher etwas sagen sollen." sagte ich. Ging es ihr die ganze Zeit über schlecht und wir wussten nichts davon?

"Es ist nicht schlimm. Das bedeutet nur, ich bekomme meine—"

Ihr Gesicht und Hals nahmen eine liebliche rosa Farbe an. Selbst nach all dem, was wir mit ihr angestellt hatten, konnte sie noch Scham verspüren.

"Deine Tage?" fragte Tor.

Konzentriert und leicht besorgt

starrten wir auf unsere Partnerin, als sie zustimmend nickte.

"Das ist es nicht." sprach ich. Ich war sicher, dass sie unser Kind trug.

"Es ist zu kurzfristig für mich, um schwanger zu werden. Es dauert mindestens zwei Wochen, bis es sich bemerkbar macht." betonte sie.

"Das mag vielleicht auf der Erde so sein." Ich legte meine Hand auf ihren noch flachen Bauch und stellte mir vor, wie er schon bald sehr rund sein würde. "Auf Viken dauert eine Schwangerschaft vier Monate."

Sie riss die Augen auf. "Vier Monate?" Sie legte ihre Hand auf die meine.

"Das bedeutet—"

"Das bedeutet, wir gehen zum Arzt."

LEAH

. . .

"Das hast du sehr gut gemacht, Leah. Die Mentoren haben geglaubt, dass du dich uns widersetzt. Auch wenn es nicht den Anschein hat, sie sind allesamt sehr ... nachsichtig, denn sie wollen, dass jede Viken-Braut vollständig befriedigt wird."

Befriedigt war nicht der richtige Ausdruck, um zu beschreiben, wie meine Männer mich verwöhnt hatten. Überwältigt. Beherrscht. Beschützt. Geehrt. Geliebt ...

"Die medizinische Untersuchung ist aber etwas ... anderes." Drogan blickte zu mir herunter, als er mich zur Examenshütte begleitete. Sie war größer als die anderen Hütten und lag abgelegen im Wald.

"Anders?" Meine Schritte wurden zögernd, aber Drogans Hand an meinem Ellbogen führte mich weiter.

"Dein Körper wird gründlich getestet und analysiert. Die Ärzte und Mentoren müssen sicher gehen, dass eventuelle Probleme zwischen uns durch mentale Einschränkungen, wie mangelndes

Vertrauen und nicht durch körperliche Krankheiten verursacht werden. Sie verstehen es, wenn eine neue Braut ihren Partner fürchtet oder keine Erfahrung hat, aber sie akzeptieren es nicht, wenn Paare nicht zueinander passen oder eine nicht-diagnostizierte Krankheit vorliegt. Denk daran, ich werde genauso gründlich untersucht wie du."

"Was heißt das?" fragte ich, als wir am Eingang angekommen waren.

"Der Mann muss seine Braut anleiten. Falls ich dich nicht befriedige, verwöhne, mich um dich kümmere und dein volles Vertrauen erlange, dann habe ich versagt."

Drogan hob mein Kinn nach oben. "Die Untersuchung ist sehr wichtig. Wir werden genauestens geprüft. Sie werden dich herausfordern, bedrängen und testen. Ich glaube nicht, dass dein Widerstand hier nur vorgetäuscht sein wird."

Mit dieser verhängnisvollen

Warnung öffnete er die Tür und führte er mich hinein. Furcht lähmte meine Schritte, als ich ihm folgte. Das einzige, was mich davon abhielt, mich zu verweigern, war die Gewissheit, dass keiner meiner Partner mir aus freien Stücken Leid zufügen würde.

Während in den diversen Trainingshütten, die wir im Laufe der Woche besucht hatten, kaum andere Paare anzutreffen waren, ging es im Untersuchungszentrum definitiv anders zu. Ich erstarrte, als wir in einen großen Raum kamen und mein Mund stand weit auf. In der Ecke stand eine Frau, deren Kleid hinten hochgezogen war und ihren nackten Arsch entblößte. Er war rot meliert, offensichtlich von einer Runde Arsch versohlen, außerdem zeichneten sich horizontale Streifen auf ihrer offensichtlich sehr wunden Haut ab. Man hatte sie nicht nur mit der Hand versohlt, sondern mit einem Gürtel oder einem Stock oder ... irgendetwas. Sie hielt die Hände hinter dem Kopf, ihre

Ellbogen waren ausgestellt und sie musste sich nach vorne lehnen, um mit der Nase die Wand zu berühren. Selbstverständlich ragte dadurch ihr wunder Arsch in den Raum.

Ein Mann, der wahrscheinlich ihr Partner sein musste, stand zusammen mit einem Mann in Uniform daneben und sprach über ihren Ungehorsam und einen mehrtägigen Plan, um sie zu trainieren. Ich lief rot an, denn die Männer sprachen über sie, als wäre sie ein ... Objekt.

"Gut, Alma, gut."

Ich drehte mich um, als ich die Worte vernahm. Eine Frau kniete auf dem Boden und lutschte an einem Schwanz, der dem Mann aus der Hose hing.

"Halt den Kopf ruhig. Ich werde deinen Mund ficken, wie es mir gefällt." Der Mann legte eine Hand auf ihren Hinterkopf und hielt sie fest, ihr Mund war um seinen dicken Schwanz herum weit aufgerissen.

"Sie machten sich Sorgen wegen ihrem Würgereflex?" Ein Mann mit einer Uniform stand dem Pärchen schräg gegenüber und beobachtete die Szene nüchtern. "Zeigen sie es mir."

Der Mann setzte zum Stoß an und schob der Frau fast vollständig seinen Schwanz in den Mund. Sie hob die Hände und presste damit gegen die Schenkel ihres Partners, ihre Augen waren weit aufgerissen. Einen Moment lang hielt er still, dann zog er heraus, ohne aber vollständig ihren Mund zu verlassen. Die Frau atmete tief durch die Nase und entspannte sich.

"Ich verstehe. Sie reagiert ziemlich heftig; das ist aber kein medizinisches Problem, sondern eine Frage des Trainings. Ich werde den Mentor beauftragen, ihnen einen Übungsdildo zu besorgen, mit dem sie üben kann. Sie soll ihn verwenden, wenn sie mit ihr ficken, sodass sie es genießen—und sogar kommen kann—,wenn sie den Mund voll hat."

Der Mann zog seinen Schwanz aus dem Mund der Frau und nahm den Daumen, um damit ihre Lippen abzuwischen. Seine Augen waren voller Bewunderung und ... Stolz. Obwohl ich erkennen konnte, dass es für die Frau erniedrigend war, so schamlos und klinisch begutachtet zu werden, erfreute sie sich auch der Aufmerksamkeiten ihres Partners, und zwar mehr noch, als er ihr beim Aufstehen half und ihre Stirn küsste.

"Vielen Dank, Herr Doktor." sprach der Mann, als er seine Hose zuknöpfte.

Das Paar kam uns entgegen und lief an uns vorbei, als sie das Zentrum verließen. Der Doktor trat an uns heran und begrüßte Drogan mit einem Handschlag.

"Eine ganze Woche ist vergangen und ich dachte, es ist an der Zeit, hier vorbeizuschauen." sagte Drogan. "Ich bin sicher, sie verstehen den Grund, warum wir so spät kommen."

Der Doktor nickte. "Gewiss. Ich habe

von den verschiedenen Mentoren sehr vielversprechende Rückmeldungen über die Fortschritte ihrer Partnerin zu hören bekommen."

"Ja, zuerst hat sie sich sehr dagegen gesträubt, beobachtet zu werden, besonders dann, als ich ihr die Muschi lecken wollte, aber anscheinend hat sie diese Zweifel überwunden."

Mir wurde heiß, ich erinnerte mich daran, wie Tor mich in der Trainingshütte mit gefesselten Beinen rücksichtslos verwöhnt hatte und ich mich nicht wehren konnte. Aber die Hitze auf meinen Wangen kam auch von der Art, wie er von mir sprach. Ich war kein Gegenstand, aber er sprach über mich, als wäre ich einer.

"Ich bin hier." flüsterte ich. Meine Augen verengten sich, als ich Drogan anblickte.

Der Doktor schwieg, wölbte aber eine Augenbraue nach oben.

"Ich habe an ihrem Benehmen gearbeitet, aber es ist ... schwierig."

Drogan hörte sich an, als würde er einen ungehorsamen Welpen erziehen.

"Welche Bestrafungsmethoden haben sie verwendet?"

"Hintern versohlen, ganz klar."

"Manche Männer verwenden das Poloch, um den Gehorsam zu gewährleisten."

Ich hätte diesen Doktor am liebsten umgebracht, aber das hätte es mit dem Ausdruck der *Widerspenstigkeit* dann auch wieder übertreiben.

Drogan strich mit der Hand meinen Rücken entlang. "Ich muss sehr zufrieden eingestehen, dass meine Braut es zu sehr genießt, wenn mit ihrem Arsch gespielt wird, um es als Bestrafung ins Auge zu fassen."

Meine Wangen glühten, als ich zu Boden blickte.

"Oh ja, ich erinnere mich, dass sie beim Arschtraining waren."

Drogan knuffte kurz meine Flanke, vielleicht, um mich aufzumuntern.

"Ihr Loch ist äußerst eng. Es muss

noch gedehnt werden, bevor ich sie dort nehmen kann, aber auf anale Stimulierung reagiert sie sehr gut. Ich bin gespannt, wie sie sich fühlen wird, wenn mein Schwanz diese jungfräuliche Öffnung plündert."

Ich blickte ihn an, meine Kinnlade klappte nach unten. Ich wollte ihn auch, aber ... Aua!

"Beginnen wir mit der Untersuchung, einverstanden?" Der Doktor ging zu einem Tisch, der genau wie der im Kabinett meines irdischen Gynäkologen aussah. Ich zögerte, als ich die Vorrichtung anstarrte.

"Hier?" fragte ich Drogan. "Es werden *Leute* im Raum sein, während ich *untersucht* werde."

Die Frau stand immer noch regungslos in der Ecke, zwei Männer standen neben ihr. Ein weiterer Mann ging ein und aus. Es gab *null* Privatsphäre.

"Herr Doktor, meine Partnerin

reagiert besser auf Belohnungen als auf Strafen."

Drogan wendete sich mir zu, er griff mein Kleid und zog es nach oben, immer höher, bis der Stoff meines Kleides an seinem Unterarm baumelte. Ich spürte die kühle Luft an meinen Beinen, war aber immer noch vor den Blicken der Anderen geschützt. Sein Finger rieb an meinem Klitorisring und rutschte dann weiter über meine Spalte. Er spreizte mich auseinander und führte mühelos zwei Finger in mich ein.

Ich packte seine Unterarme und flüsterte seinen Namen, diesmal vor Erregung und nicht aus Scham.

Er beugte sich vor und flüsterte mir ins Ohr, damit nur ich ihn hören konnte. "Ich spüre unseren Samen in dir. Ist dir klar, was es in mir auslöst, weil du jetzt markiert bist?"

Seine Stimme war leise und trotzdem voller Verlangen. Er war wie ich beeinträchtigt, aber er musste stark für mich sein. Ich konnte kaum noch einen klaren Gedanken fassen, aber ich wusste, dass er genau wie ich überwacht wurde. Er musste mich antörnen, um seine Dominanz zu beweisen und ich musste ihm nachgeben, um zu zeigen, dass ich die Richtige für ihn war. In der Art und Weise, wie seine fachkundigen Finger meinen G-Punkt fanden und stimulierten, würde das aber nicht schwer werden. "Du musst für mich kommen und danach wird der Arzt dich untersuchen. Das ist alles. Einverstanden?"

Ich ließ meine Stirn auf seine feste Brust fallen und bohrte meine Finger in seinen Bizeps. "Ja!" schrie ich. Mein Orgasmus kam so rasant, dass ich mir die Vokabel nicht verkneifen konnte.

Ich stöhnte und versuchte, wieder zu Atem zu kommen und mich zu erholen. Drogan ließ seine Finger aus mir herausgleiten und das Kleid wieder auf den Boden fallen. Ich blickte nach oben und sah, wie er die Flüssigkeit von seinen Fingern leckte.

"Es steht außer Frage, Herr Doktor, dass die Verbindung sehr stark ist."

"In der Tat." antwortete er. "Die Macht ihres Samens ist sehr stark."

"Und mein Samen ebenfalls." sagte Drogan. "Ich glaube, sie wurde bereits begattet."

Ich war zu erfüllt, um mich zu schämen und ich war dankbar darüber, dass Drogans Hand mich aufrecht hielt und sein Körper mich vor neugierigen Blicken abschirmte.

"Herr Doktor, soll ich diese Patientin für sie registrieren?" Ein Mann stellte die Frage, aber ich konnte nicht sehen, wer es war. Ich ging davon aus, dass es einer der Männer mit Uniform sein musste.

"Nein danke. Ich werde ihre Daten selbst aufnehmen, wenn ich hier fertig bin. Falls sie schwanger ist, wie ihr Partner vermutet, dann werden zusätzliche Formulare notwendig."

"Wie sie wünschen." antwortete der andere Mann. Ich hörte, wie er sich entfernte.

"Kann ich sie jetzt untersuchen?" wollte der Arzt wissen.

"Ja, allerdings nur oberflächlich. Kein anderer Mann darf sie anfassen, auch kein Arzt."

9

Lev

"Und?" wollte Tor wissen, als Drogan und Leah zurückkehrten. Ich hatte mich geduscht, als die beiden unterwegs waren und hatte nur meine Hose an. Barfuß stand ich auf dem Holzfußboden.

Drogan hielt Leahs Hand. Sie wirkte äußerst befriedigt und ein wenig verstört. Mein Bruder nickte und ein unheimliches Gefühl überkam mich. Es war, als würde in meinem Leben Ordnung einziehen. Vor einer Woche befand ich mich allein im Sektor Zwei. Jetzt hatte ich zwei Brüder, die ich respektierte, eine Partnerin, nach der ich mich sehnte und ein Kind war unterwegs.

"In weniger als vier Monaten." bestätigte Drogan.

Tor lief herüber und zog an Leahs Haaren. Er machte das zärtlich, aber ihr Kopf neigte sich nach hinten, damit er sie auf den Mund küssen und sie anschließend aufmerksam beäugen konnte. "Das bedeutet nicht, dass wir zaghafter mit dir umgehen werden."

Ich trat näher und legte meine Hand auf ihren noch flachen Bauch. "Er hat Recht. Allerdings bezweifle ich, dass die Bank zum Arschversohlen bald wieder gebraucht wird."

Drogan lachte. "Sicher wirst du andere Wege finden." kommentierte er nüchtern.

"Einen davon werde ich jetzt gleich ausprobieren."

Leah wollte einen Schritt zurückmachen, aber Tor hielt sie weiter an den Haaren fest. "Du willst mich jetzt versohlen? Warum denn?"

Sie war überrumpelt, aber auch angeregt. Sie konnte nicht verbergen, dass ihr die Macht, die ich über sie ausübte, gefiel. Sie mochte es, versohlt zu werden, sie mochte den Schmerz, das berauschende Gefühl der Unterwerfung.

"Weil ich es kann." Ich wich zurück. "Tors Schwanz braucht deine Zuwendung, Leah."

Mein Bruder löste seinen Griff und ging zu einem der Esszimmerstühle. Er zog ihn vom Tisch weg, drehte ihn um und setzte sich. Er spreizte die Knie weit auseinander, als er den Hosenstall öffnete. Leah leckte sich die Lippen, als sein Schwanz herausragte und er anfing, ihn zu streicheln.

Ich deutete mit dem Kinn Richtung Tor. "Lutsch seinen Schwanz, Leah."

Ihre Augen weiteten sich bei der Vorstellung und sie ging zu ihm hinüber. Als sie sich vorbeugte, die Hände und Knie auf den harten Boden aufsetzte, schüttelte er mit dem Kopf. "Die Hände hier her." Tor klatschte auf seine festen Schenkel.

Sie runzelte leicht die Stirn, gehorchte aber und beugte sich vor, um ihre zarten Hände dorthin zu legen, wo er sie haben wollte. Ich trat hinter sie und zog ihre Röcke nach oben, ich legte den Stoff auf ihren Rücken. Ich schlang einen Arm um ihre Taille und zog sie nach hinten, damit ihr Arsch hervorragte und ihr Kopf über Tors nässendem Schwanz schwebte. Mit dem Daumen wischte Tor einen Lusttropfen von seiner Eichel und führte ihn an Leahs Lippen. Sie sog ihn in den Mund und stöhnte.

Ich zog meine Hand zurück und gab ihrem Arsch einen schnellen Hieb. Augenblicklich war ein pinkfarbener

Handabdruck zu sehen. Sie schrie um Tors Daumen herum.

"Lutsch seinen Schwanz, Leah."

Tor befreite seinen Daumen und umfasste den Ansatz seines Schwanzes. Er hielt ihn in Position, damit sie ihn nehmen konnte. Sie senkte den Kopf, machte den Mund auf und strich mit der Zunge um die geschwollene Eichel herum und schnippte an dem großen Ring.

Ich schwöre, dass ich ihre heiße Zunge an meinem eigenen Schwanz spüren konnte und stöhnte auf. Drogan kniete neben ihr und ließ spielerisch seine Finger durch ihre nassen Falten gleiten. Sie stöhnte. Als er beiseite ging, konnte ich meine Hand erneut mit einem lauten Klatsch auf sie heruntersausen lassen. Der Hieb war nicht übermäßig fest, aber das Geräusch hallte durch den Raum.

"Leah, nimm seinen Schwanz, tiefer." befahl ich ihr.

Mit einer fast gierigen Geste beugte

sie ihre Arme, sie senkte den Kopf und nahm Tors Schwanz tief in ihre Kehle. Als Drogan an dem Plug in ihrem Arsch, den sie während der Untersuchung bekommen hatte, zog, fing sie erneut an zu stöhnen.

"Ich werde es nicht lange aushalten, wenn sie weiter diese Geräusche von sich gibt." sagte Tor. Seine Hand grub sich weiterhin in ihre feurigen Locken.

Als Drogan den Plug herauszog, sahen wir beide, wie ihr Arsch für uns geöffnet blieb. Der Plug hatte ganze Arbeit geleistet und sie weit für uns gedehnt. Ihr Körper machte sich daran, ihr Poloch wieder zu verschließen, aber anstatt es zuzulassen, steckte Drogan seinen glitschigen Finger in ihren Arsch und testete ihr Training.

"Heute Abend können wir sie nehmen. Bist du einverstanden, Leah?" fragte Drogan und fing langsam an, sie mit dem Finger zu ficken und glitt dabei jedes Mal tiefer in ihren Arsch. "Hättest du lieber Levs Schwanz anstatt meinen Finger?"

Ich versohlte sie wieder. "Drogan hat dich etwas gefragt."

Sie ließ kurz von Tors Schwanz ab, um uns mitzuteilen: "Ja, bitte."

"Ich werde dich versohlen, bis du das Sperma aus Tors Eiern heraussaugst und runterschluckst. Da du jetzt unser Baby im Bauch trägst, kann der Samen auch woanders hin."

Ich fing an, sie zu versohlen. Nicht zu fest, denn obwohl ich wusste, dass es dem Baby nicht schaden würde, ließ ich trotzdem Vorsicht walten. Es ging eher darum, sie wissen zu lassen, wer das Sagen hatte, als sie zu bestrafen. Eine Weile lang lutschte sie Tors Schwanz, ich versohlte sie und Drogans Finger fickte ihren Arsch. Sie hatte die gesamte Macht. Sie hatte uns drei wieder zusammengeführt, sie würde den zukünftigen Thronfolger von Viken zur Welt bringen und sie beherrschte unsere Gefühle.

Ihr Arsch nahm eine entzückend pinkfarbene Tönung an, sie bewegte ihre Hüften und wandte sich und drückte sich Drogans Finger entgegen.

"Du darfst kommen, Leah. Du darfst kommen, während ich mit deinem Arsch spiele."

Unsere Verbindung war sagenhaft. Diese Frau, diese hübsche, clevere, mutige Frau gehörte uns. Sie verstand uns. Sie ließ diese schmutzigen, schamlosen Dinge mit sich anstellen. Und sie kam für uns.

Tor konnte sich nicht länger zurückhalten—ich erwartete es auch gar nicht, denn um sie herum wurden wir zu sexgeilen Teenagern—und Leah kam danach heftig. Der dicke Schwanz steckte in ihrem Mund und sein Samen bedeckte ihre Kehle, füllte ihren Magen. Sie ritt Drogans Finger und ich sah zu, wie ihr die Säfte von der leeren Spalte tropften.

Wir würden sie immer wieder nehmen, und zwar nicht für einen neuen Herrscher, nicht für Viken, sondern unseretwegen. *Ihretwegen.*

―――

LEAH

EINE SACHE, die ich schnell über das schwanger sein herausfand war, dass es mich unglaublich erschöpfte. In neun Monaten ein Baby zu fabrizieren war—wie ich gehört hatte—ermüdend, ich aber erschuf in vier Monaten ein Kind und es raubte mir schlichtweg die Energie. Als der Arzt bestätigt hatte, dass ich schwanger war, ging ich davon aus, dass er das Geschlecht des Kindes bestimmen würde. Da ich mich aber auf einem merkwürdigen Planeten befand, zumindest, was alltägliche Angelegenheiten anging, hatte die Viken-Rasse beschlossen, nie das Geschlecht eines ungeborenen Kindes feststellen zu lassen. Ich kannte mich mit den Gesetzen auf Viken nicht aus und wusste nicht, ob ein Mädchen über den Planeten herrschen konnte, daher sorgte ich mich um das Geschlecht.

Meine Männer waren scheinbar begeistert von ihrem mächtigen Samen und ihrer Zeugungskraft, denn nachdem ich Tors Schwanz gelutscht hatte, trugen sie mich aufs Bett, um mich den ganzen Tag über immer wieder zu ficken. Anscheinend ließ die Macht des Samens während der Schwangerschaft nicht nach. Im Gegenteil, ich war geiler denn je. Genau wie meine Männer, die sich besonders meinem Arsch widmeten und sicherstellten, dass sie mich alle drei auf einmal nehmen konnten. Ich war auf die Penetration meines Arsches durch Levs Schwanz gut vorbereitet, aber ich hatte noch Bedenken darüber, zweifach penetriert zu werden. Sie boten mir aber ausreichend Ablenkung, indem sie mich mit ihren Berührungen von meinen kleinen Nickerchen aufweckten und gespannt beobachteten, wie meine Brüste voller und schwerer wurden, meine Brustwarzen größer wurden und sich verdunkelten und mein Bauch sich leicht zu wölben begann. Es war fast schon verrückt, das alles in einer für mich so ungewöhnlichen Zeitspanne zu beobachten.

Sie planten, die Verpartnerung nach unserem Abendessen abzuhalten, ich war aber schon eingeschlafen. Das letzte, woran ich mich erinnere, war ihr klebriger Samen, der zwischen meinen Schenkeln flutschte, als ich mich auf die Seite drehte.

Ich wurde nicht durch ein sanftes Paar Hände und weiche Lippen geweckt, stattdessen packten mich starke Hände, um mich auf den Boden zu stoßen. Als meine Hüfte auf dem hölzernen Boden aufschlug, wachte ich vollständig auf. Ein großer, männlicher Körper lag auf mir.

"Was? Drogan!" ich schrie. Ich konnte ihn riechen, jeder von ihnen hatte einen unverwechselbaren Geruch, selbst in völliger Dunkelheit.

"Sei still!" zischte er mir ins Ohr. Er klang nicht sachte, sondern gebieterisch und ich machte keinen Ton.

Ich hörte Kampfgeräusche, schwere Stiefel, die über den hölzernen Boden stampften. Nicht nur Tor und Lev, sondern auch andere Männer.

"Findet und tötet sie." sagte eine Stimme. Sie klang tief, finster und bedrohlich.

Ich sah das scharfe Funkeln von Drogans Schwert. Er hielt es in der Hand, die über mir ragte und mich und das Baby beschützte.

Nahkampfgeräusche, Stöhnen und das Geräusch eines Schwertes, das aus einer Scheide glitt erfüllten den Raum. Drogan schob mich weiter unter das Bett, sein Körper versperrte mir die Sicht. Wer an mich heranwollte, musste erst an Drogan vorbeikommen oder unter das andere Ende des Betts kriechen.

Von meiner Position aus sah ich die dunklen Schatten von Beinen die auf uns zukamen. Ich hörte ein Grunzen, dann ein schmerzhaftes Fiepen und der Körper fiel zu Boden. Ich konnte nur eine schwarze Gestalt erkennen und geriet in Panik. Ich dachte, es handelte sich um Lev oder Tor. Ich presste gegen Drogan und versuchte, unter dem Bett hervorzukommen und zu helfen, aber er bewegte sich keinen Zentimeter. Stattdessen begann ich, über den Boden zu rutschen, weiter unter das Bett, um auf der anderen Seite hervorzukommen, aber ein fester, unnachgiebiger Griff auf meiner Hüfte hielt mich an Ort und Stelle.

"Findet sie." konnte ich hören.

"Warum sollen wir sie lebend nehmen? Warum töten wir nicht einfach alle?"

Auf die berechnend-kühle Frage hin hielt ich den Atem an, mein Herz raste vor Panik. Die Eindringlinge wollten meine Partner ermorden und mich gefangen nehmen? Warum? Und wo sind Tor und Lev? Waren sie in Sicherheit? Lagen sie draußen mit einem Dolch durch den Hals oder einem Pfeil in der Brust? Ich schloss die Augen. Ich spürte Schmerz, der wie eine erbitterte und hasserfüllte Welle durch mich hindurch toste; nie hätte ich mir nach nur ein paar gemeinsamen Tagen mit meinen Partnern eine solche Intensität vorstellen können.

Aber sie gehörten mir. *Mir.* Und ich konnte den Gedanken, dass einer von ihnen getötet wurde nicht ertragen.

"Ich brauche das Kind. Findet sie. Tötet die Männer. Sobald sie mir gegeben hat, was ich brauche, werde ich mich auch um sie kümmern. Keine Frau wird über Viken herrschen. Es wird *keine* Vereinigung geben."

Ich würde so oder so nicht über Viken regieren! Was dachte sich dieser verrückte Typ nur? Ich verstand überhaupt nichts mehr, aber das mit dem Töten hatte ich sehr gut verstanden.

Von ihren Partnern beherrscht

Er wollte meine Partner umbringen, mein Kind rauben und *mich* nach der Geburt des Kindes umbringen.

Ich hätte panisch werden müssen, aber dieser Verräter musste erst an meinen Partnern vorbeikommen. Ich vertraute ihnen, ich glaubte an ihre Stärke und an ihren Intellekt. Sicherlich waren sie cleverer als diese Verräter? Das mussten sie sein. Sie konnten mich nicht zurücklassen. Nicht jetzt. Niemals. Mein Herz würde es nicht verkraften, einen von ihnen zu verlieren.

Es gab mehr Kämpfe, und ich hörte grunzende und fluchende Männer. Ich verkrampfte, aber Drogans ruhige Hand beruhigte mich, als wir den Kampfgeräuschen beiwohnten und hörten, wie die Tür gegen die Wand knallte. Durch den jetzt offenen Eingang konnte ich den Himmel sehen, der sich langsam aufhellte und die Beine eines Mannes, als dieser davon rannte.

Dann fiel ein paar Schritte von mir entfernt ein weiterer Körper zu Boden.

Beim Anblick seiner leblosen Augen, seinem blutbesudelten Mund und dem Speer, der aus seiner Brust ragte, wendete ich den Kopf ab. Ich biss auf meine Lippe und konzentrierte mich auf Drogans tröstende, feste Hand auf meiner Hüfte sowie auf den blanken Stahl, der jeden, der sich uns näherte, umbringen würde.

Ich versuchte die Luft anzuhalten, denn ich fürchtete, dass mein Schaudern uns in der plötzlichen Stille, die die Hütte erfüllte, verraten würde.

"Streck ihn nieder, Lev! Lass ihn nicht entkommen." Ich hörte das satte, düstere Knurren von Tors Stimme und entspannte mich zum ersten Mal unter Drogans hartem Griff. Als mir klar wurde, dass meine drei Partner wohl auf waren, machte sich die Erleichterung in mir breit.

"Ich hab' ihn." fauchte Lev. Ich hörte das pfeifende Geräusch eines Pfeils, dann einen schmerzerfüllten Schrei und einen Aufprall, als der

Körper des Mannes auf dem Boden aufschlug.

"Guter Schuss. Wir sind sicher, Drogan. Ist Leah in Ordnung?" Tors Stiefel kamen ans Bettende gelaufen und ich langte mit zittrigen Fingern heraus, um seinen Knöchel zu umfassen. Ich war dankbar, dass ich ihn berühren konnte und wusste, dass er am Leben und in Sicherheit war.

Drogan rutschte über den Boden, zog an meiner Hüfte und zwang mich, Tors Bein loszulassen als er mich unter dem Bett hervorzog. Er stand auf, hob mich hoch und stellte mich auf die Füße.

"Licht!" rief Drogan laut. "Macht das verdammte Licht an."

Ich hörte Schritte und im Raum wurde es heller als das blasse Morgengrauen. Ich nutzte die Gelegenheit, um meine Partner zu mustern. Lev und Tor waren beide mit Blut bespritzt, aber ansonsten unverletzt. Allerdings lag eine stille Wut in ihren Augen, die ich nie zuvor gesehen hatte.

Diese Leidenschaft hätte mir Angst eingejagt, aber ich wusste, dass es meinetwegen war. Diese heftige Wut beschützte mich und garantierte meine Sicherheit.

Drogan schaute zu mir herunter, als Tor sich schwer atmend neben ihn gesellte. Beide fuhren mit den Händen über meinen Körper, aber es war Tor, der mir die Frage stellte. "Bist du verletzt?"

Ich beachtete sie nicht, sondern hielt nach Lev Ausschau, dessen Silhouette immer noch im Eingang sichtbar war. Ich wollte alle meine Partner um mich haben. Ich musste ihre Berührungen spüren, um mich zu vergewissern, dass sie am Leben waren und dass sie, nun ja, mir gehörten. Lev musste mein Bedürfnis gewittert haben, denn er kam zu mir gelaufen und streichelte meine Wange, während die anderen beiden mich weiter auf Verletzungen hin untersuchten. Einen Augenblick lang lehnte ich mich auf seine Hand und wir blickten uns in die Augen. Mein Verlangen für ihn, mein Vertrauen spiegelte sich in meinen Augen wider. Es gab nichts mehr zu verstecken, nicht vor diesen Männern mit ihrer unerschütterlichen Zuwendung und dominanten Händen.

Lev berührte sanft meine Lippen, bevor er sich abwandte. Wenige Momente später hatten ihn seine weiten Schritte aus der Hütte heraus und auf die Wiese getragen.

"Leah." beharrte Tor. "Bist du verletzt?"

Ich schüttelte den Kopf. "Nein. Ich bin unverletzt."

"Und das Baby?" fragte Drogan, als er eine Hand auf meinen Bauch legte.

Ich legte meine Hand auf die seine und nahm mir einen Moment lang Zeit, um in meinen Körper hineinzuhorchen. "Gut. Aber was … was ist passiert?"

Von draußen rief Lev und Tor hob mich in seine Arme.

"Ich kann laufen." stammelte ich,

legte aber meine Wange an seine warme Brust und war froh darüber, gehalten zu werden. Das Adrenalin war anscheinend verflogen und meine Kräfte verließen mich.

Tor stieg über einen Körper. Ich drehte das Gesicht an seine Brust und bedeckte meine Augen mit einer Hand. "Sieh nicht hin, Leah." Ich widersetzte mich ihm nicht, sondern entspannte mich einfach in seinen Armen und lauschte seinem steten Herzschlag unter meinem Ohr. Ein Gefühl der Wärme und Sicherheit machte sich in mir breit. Nie war ich so zufrieden gewesen, nicht an einem Tag meines Lebens, bevor ich hierher nach Viken gekommen war und diese Krieger mich für sich eingefordert hatten. Ich hatte nicht nur einen starken Partner, der mich beschützte und umsorgte. Ich hatte die drei stärksten Männer auf dem Planeten. Die Wahrhaftigkeit ihrer Macht, ihrer Stärke wurde mir bewusst und ich legte die Hände auf meinen Bauch. Ich war zum

Von ihren Partnern beherrscht

ersten Mal wirklich glücklich. Ich trug ihr Kind, ein wunderbares, glorreiches Kind. Und diese Männer würden mein Baby so erbittert umsorgen und beschützen, wie sie sich um mich sorgten.

Während Tor draußen kurz vor dem Eingang halt machte, lief Drogan weiter und gesellte sich zu Lev. Im Morgengrauen konnte ich den Körper auf dem Boden liegen sehen, in seiner Seite steckte ein Pfeil; es war der Arzt. Warum wollte er meine Partner töten? Warum würde er sein eigenes Volk verraten?

―――

Drogan

ICH WAR EIN KRIEGER. Freunde wie Feinde, den Tod hatte ich aus nächster Nähe gesehen. Ich selbst hatte einige Männer umgebracht. An meinen

Händen klebte definitiv Blut, ich war abgehärtet, abgestumpft. Das dachte ich jedenfalls. Als die Männer in unsere Hütte stürmten und im Licht der zwei Monde die Messer funkelten, bekam ich Angst. Ich sorgte mich nicht um mich oder meine Brüder, sondern um Leah. Sie war unschuldig und rein und sie trug unser Kind.

Ich würde mein Leben lassen, um sie zu beschützen. Genau, wie meine Brüder dies tun würden. Und wir hatten sie beschützt, aber es waren die anderen, die ihr Leben ließen. Ich hockte neben dem ersten Mann und drehte ihn um. Blut sickerte von den hervorstehenden Kanten des Messers, dass Tor in sein Herz gerammt hatte. Tor hätte ihn nicht davonkommen lassen und er wollte auch nicht, dass ein Mann qualvoll sterben musste. Sein Stich war punktgenau und schnell. Der Mann hatte das Ende nicht einmal kommen sehen. Zwei weitere waren so gestorben und ein dritter hatte ein gebrochenes Genick.

Das war typisch Lev. Mit dem Bogen war er treffsicher, aber anscheinend verspürte er einen grimmigen Stolz auf seine Fähigkeit, einen Mann mit bloßen Händen in Stücke zu reißen.

Ich folgte Lev über die Wiese bis zu jenem Angreifer, der keuchend am Boden lag. In seinen Lauten vernahm ich Schmerz, Angst und Zorn. Er rollte sich auf den Rücken, um zu uns hoch zu blicken. Ein Pfeil steckte in seiner Brust, direkt unter den Rippen. Er würde nicht mehr lange leben, und zwar nicht aufgrund der Verletzung, denn diese war im Krankenzentrum sehr leicht behandelbar, sondern weil ich ihn töten würde, sobald wir die Antworten bekommen hatten, die wir suchten. Der Doktor wollte Leah Schaden zufügen. Er musste sterben.

"Warum das Ganze? Für wen arbeitest du?" fragte ich.

Er kniff die Augen zusammen. Sein Gesicht war schweißgebadet, seine Hand umgriff den Pfeil an der Stelle, wo er in seinen Körper eintrat, seine Finger waren blutverschmiert.

Er lachte schmerzlich. "Nur für die, die sich ein besseres Viken wünschen."

Lev neigte seinen Kopf in Richtung der Hütte. "Diese Männer sind tot und du bist der Nächste."

"Mein Tod ist bedeutungslos."

"Wen muss ich dann umbringen?" wollte ich wissen, als ich neben dem Arzt hockte. Die Morgendämmerung erhellte die Szene und das dunkelrote Blut stand im starken Kontrast zu dem grünen Gras, auf dem er lag.

"Mich." Unsere Köpfe blickten nach oben, als wir die Stimme aus dem Unterholz vernahmen.

Es war Gyndar, der Stellvertreter des Regenten. Er war nicht länger kleinlaut, still oder unscheinbar. Als er in der wallenden, weißen Königsrobe auf uns zu kam und eine moderne Schusswaffe auf uns richtete, ergab alles plötzlich Sinn. Der Plan des Regenten, der Angriff auf Viken United, das Attentat. Gyndar wollte Macht.

"Wir stehen ihnen im Wege, nicht wahr?" fragte ich. Ich versuchte, Ruhe zu bewahren. Ich versuchte, meine Hände nicht zu Fäusten zu ballen, denn ich wollte nichts anderes, als zu diesem Dreckstück herüberzulaufen und ihm das Genick zu brechen. Lev dachte bestimmt auch so. Es überraschte mich nicht, ihn mit einer Waffe zu erblicken, aber das passte so gar nicht zu dem Bilde, welches ich im Geiste von ihm hatte. Gyndar schien mehr ein Typ zu sein, der sich hinter Lug und Trug versteckte und es anderen überließ, sich die Hände schmutzig zu machen. Demzufolge war der Doktor dabei, auf der Wiese zu verrecken und Gyndar lief unbekümmert umher.

"Ich musste nur warten, bis der alte Mann starb." Er zuckte gleichgültig mit den Achseln.

"Aber der Plan hat sich geändert."

Er nickte schroff. "Ja, der Plan hat

sich geändert. Es wäre einfacher gewesen, wenn sie eine Braut aus Viken genommen hätten. Dann wäre es leicht gewesen, die Sektoren gegeneinander aufzubringen. Aber eine auserlesene Braut, für die sie zusammenarbeiten? Das hat alles ruiniert."

Ich wusste nicht, wohin Tor mit Leah verschwunden war, aber ich hoffte, sie waren weit, weit weg. Gyndar zeigte sein wahres Gesicht und das bedeutete, dass er nicht allein war. Sicherlich verbargen sich noch mehr Feinde im Wald. Wir warteten.

"Und wir sind einfach verschwunden." Ich musste ihn beschäftigen, damit Tor eine Chance hatte, Leah in Sicherheit zu bringen.

"Richtig, aber meine Helfer sind überall." Gyndar blickte hinab auf den verwundeten Doktor. "Überall."

Unser Plan, Leah zu verstecken, funktionierte also bis zur medizinischen Untersuchung. Unsere Besorgnis um ihre Gesundheit war es, was sie schließlich in Gefahr brachte. Wie dumm. Wir hätten meinen Leibarzt aus meinem Sektor einbestellen sollten. Ihm vertraute ich mit meinem Leben. Wären wir vorsichtiger gewesen, dann befänden wir uns jetzt nicht in dieser Situation.

"Wo ist eure hübsche Partnerin? Ich fürchte, sie muss mit mir kommen."

"Nein." entgegnete Lev entschlossen. "Wir bringen unsere Partnerin nach Viken United und werden zusammen herrschen, bis unsere Tochter alt genug sein wird, um den Planeten zu führen."

Ich schaute zu meinem Bruder. Er blickte kurz zu mir, während er unsere Feinde weiter verschmähte. "Es ist ein Mädchen, nicht wahr, Doktor? Einer ihrer Männer hat—vor seinem Tod—verlauten lassen, dass er sich nicht von einer Frau beherrschen lassen würde. Er sprach nicht von Leah. Er meinte den *einzig rechtmäßigen Thronerben.*"

Ein Mädchen. Wir bekamen ein Mädchen. Sollte sie nur ansatzweise Leah ähneln, dann würden wir in

Schwierigkeiten stecken. Ich ballte schließlich die Fäuste. Wie wagte es dieser Mann, meine Partnerin und meine *Tochter* zu gefährden?

Gyndar machte eine einfache Geste mit den Fingern und die Männer, die ich im Gebüsch versteckt wusste, kamen hervor getrottet. Es waren mindestens zehn, sie waren schwer bewaffnet und bereit, uns alle zu töten.

Gyndar nickte einem Mann zu, der den anderen Männern zwei Schritte voran ging. Anscheinend war er ihr Anführer. "Tötet sie alle und findet die Frau. Ich brauche sie lebend."

"Wir sehen uns in der Hölle wieder!" grölte ich und preschte auf den Mann zu, der meine Familie zerstören würde.

10

Ich musste Leah von der Szene vor uns regelrecht wegschleifen. Ich hielt ihr den Mund zu und zerrte sie zurück, weiter zwischen die Bäume, die uns Deckung boten, während sie sich mit aller Kraft wehrte. Anscheinend hatte es ihr nicht ausreichend Angst eingejagt, als sie auf den Boden geworfen und von Drogan abgeschirmt wurde, während Lev und ich mit den Männern rangen, die gekommen waren, um sie zu töten. Die furchtlose Art unserer Partnerin erfüllte mich mit Stolz. Selbst als mir klar wurde, dass ich sie von der bevorstehenden Auseinandersetzung wegschleifen musste.

Scharfe Klingen schnitten durch die Luft und männlichen Fäuste trafen aufeinander. Es war nicht der passende Moment, uns der Einzelheiten des Übergriffs bewusst zu werden; wer uns in der Hütte angriff oder aus welchem Grund. Wir verstanden es erst, als wir den Doktor in der Gruppe entdeckten. Die Vorstellung, dass ein Mann, der für die Gesundheit und das Wohlergehen so vieler Bräute zuständig war, versucht hatte, unsere Partnerin zu töten, ließ mich fast ausrasten. Der Gedanke machte mich aber nicht so wütend, wie die Gewissheit, dass Gyndar unser Kind stehlen und uns alle töten wollte.

Ich umfasste sie an der Taille, legte

meine Hand auf ihren Mund und schleppte sie so leise wie möglich um unsere Hütte herum und in den Wald. Ich befand mich im Kriegsmodus, aber das hielt mich nicht davon ab, dem Atem in meiner Handfläche, dem Herzschlag an meinem Unterarm und ihrem Federgewicht zu frönen. Sie war lebendig und in Sicherheit. Ich war es gewohnt, den Feind zu bekämpfen—die beiden Männer, die ich getötet hatte, lagen leblos in unserer Hütte—jetzt aber hatte ich eine wichtigere Mission; ich musste Leah in Sicherheit bringen. Lev und Drogan würden sich um Gyndar kümmern. Sie konzentrierten sich auf die Bedrohung, die von ihm ausging und vertrauten mir, dass ich unsere Partnerin in Sicherheit brachte.

Als ich den kühlenden Schatten der Bäume erreichte, ließ ich sie nicht herunter, sondern hob sie behutsam in meine Arme und flüsterte ihr zu. Ich konnte nicht wissen, wie viele Männer

Gyndar hinter sich hatte, aber ich bezweifelte, dass er sie schon alle eingesetzt hatte. Wahrscheinlich hatten wir nicht mal die Hälfte der Attentäter erledigt. "Bleib still."

"Aber Drogan und Lev!" sie flüsterte. Ihre Augen waren weit aufgerissen und voller Angst, nicht ihretwillen, sondern sie bangte um meine Brüder.

Hitze durchströmte meine Brust. Es hatte nichts mit Lust zu tun, sondern wurde durch die Verletzlichkeit, die aufrichtige Sorge, die ich in ihren Augen erkannte ausgelöst. Wenn sie meine Brüder liebte, dann war in ihrem Herzen bestimmt für mich auch noch Platz.

"Fang nicht an zu streiten. Hab Vertrauen, Liebes. Sie sind Krieger und keine aufgeblasenen Politiker, die in Roben aufgewachsen sind." Ich lächelte ihr zu, ihr Mut faszinierte mich. "Sei still. Sie verlassen sich darauf, dass ich dich in Sicherheit bringe, Leah. Keine Widerworte."

Sie nickte und wehrte sich nicht, als

ich sie in meinen Armen in eine bequemere Position rückte. Sie fing nicht an zu schreien, als ich sie weiter wegtrug. Der ruhige Ausdruck auf ihrem hübschen Gesicht verblüffte mich. In einem Moment ruhte sie zwischen uns, im nächsten Moment wurde sie angegriffen. Sie erfuhr, dass Vikens Regent aus persönlichen und politischen Motiven ermordet wurde ... und dass sie die nächste war. Sie war in der Tat die *einzige* Person auf ganz Viken, die Gyndars Pläne zunichtemachen würde. Sollten meine Brüder und ich getötet werden, dann wäre das Kind, das sie in sich trug, der einzige Zugang zur absoluten Macht. Sicher, Drogan, Lev und ich konnten uns zusammenschließen und gemeinsam regieren, aber die verschiedenen Sektoren würden ohne einen künftigen Anführer, der die drei Sektoren verkörperte, nicht so kooperieren, wie wir es wollten und wie der Regent es vorgesehen hatte. Wir benötigten einen rechtmäßigen Thronfolger.

Meine Tochter. Unsere Tochter.

Als ich Leah besser im Griff hatte, konnte ich sicheren Fußes über Baumstämme, Steine und Sümpfe navigieren und Richtung Ufer vorstoßen. Lev würde nicht der einzige bleiben, der in seiner Familie Hiebe verteilte. Sie gehorchte, wenn es um ihre Sicherheit ging. Aber sie würde ohne Zweifel noch besser gehorchen, wenn ihr Arsch eine grell rosa Färbung hätte.

Ihre Ängste waren nicht unbegründet und ich sorgte mich um meine Brüder. Zahlenmäßig waren sie unterlegen. Als ich dabei war, Leah wegzuschaffen hatte ich gesehen, wie Drogan Gyndar zu Boden warf. Für ihre unschuldigen Augen sah es sicher so aus, als würden zwei ihrer Partner umkommen. Obwohl ich die beiden nicht besser kannte als sie, wusste ich, wie sie aufgewachsen waren, ich wusste, dass sie Kämpfer waren und wofür sie kämpften. Sie würden lebend da rauskommen und Gyndar würde vernichtet werden.

In der Zwischenzeit würde ich sie nach Viken United bringen, auf neutralen Boden, in das Haus, das leer stand und auf uns wartete.

LEAH

ANSCHEINEND WAR Tor genauso versiert im Rudern wie sein Bruder. Er hatte mich vorsichtig in ein kleines Boot gesetzt, ähnlich dem, mit welchem ich hergekommen war und wir legten in Richtung Viken United ab. Als wir auf dem offenen Wasser waren und er überzeugt davon war, dass uns niemand folgte, informierte er mich über unser Ziel. Ich war die ganze Zeit über aufgewühlt. Ich dachte an Drogan und Lev, den Doktor und an Gyndar—ich kannte ihn von meinem Transport—der jetzt in einem völlig anderen Licht erschien. Er war kein zweiter Mann mehr. Kein Mauerblümchen mehr. Er hatte die Absicht, mein Kind zu rauben, mich zu töten und uns allesamt auszuschalten.

Trotzdem, meine Partner forderten ihn heraus. Ich war sehr besorgt um sie, aber ebenso stolz, ich war stolz auf meine Krieger. Sie waren Vikens wahrhaftige Herrscher und als sie unter einer tödlichen Bedrohung standen, rauften sie sich zusammen und kämpften zusammen. Für mich. Für unser Kind.

Obwohl Tor mir versicherte, dass sie es schaffen würden, grämte ich mich stundenlang im Stillen, bis der Stress des Tages mich vollkommen erschöpft hatte und ich einschlief. Danach erinnerte ich mich an nichts mehr—die Ankunft in Viken United, wie Tor mich in den Palast seiner Eltern trug und auf ein riesiges Bett legte. Ich erwachte und das Bett war leer, aber als ich mich aufsetzte, erblickte ich Tor, der schreibend an einem großen Tisch saß. Er ließ von seiner Arbeit ab und kam zu mir herüber. Ich war vollkommen nackt und er war neu eingekleidet.

"Wie geht es dir?" fragte er, seine Hände strichen über meinen Körper. Obwohl seine Geste alles andere als sexuell war, konnte ich meine Reaktion nicht unterdrücken. Meine Nippel stellten sich auf und meine Haut erwärmte sich.

"Besser? Ich ... ich mache mir Sorgen um Lev und Drogan."

Er streifte mein langes Haar hinter mein Ohr und sah mich eindrücklich an. "Sie sind hier, unverletzt."

Ich blickte über seine Schulter, aber sie waren nicht im selben Raum.

Tor lächelte. "Sie essen gerade ihr Frühstück und waschen sich. Sie haben gesagt, sie werden zu dir kommen, sobald—"

Die Tür schwang auf und unterbrach

Tors Worte. Herein traten meine anderen Männer. Sie waren frisch herausgeputzt, lächelten und waren offensichtlich in einem Stück.

Ich rutschte vom Bett und eilte zu ihnen hinüber, es kümmerte mich nicht, dass ich nackt war. Lev hob mich hoch in seine Arme und schmiegte sich an mich. Ich atmete seinen vertrauten Geruch ein, während Drogan hinter mich kam. Ich spürte seinen festen Körper, wie er gegen meinen Rücken presste.

"Vermisst du uns, Liebes?"

"Natürlich." Ich war erleichtert, dass sie wohl auf und in Sicherheit waren. "Und Gyndar?"

"Um den brauchst du dir keine Sorgen mehr zu machen." Drogans Stimme klang wie ein tiefes Knurren in meinen Ohren. Ich drehte mich um und er zog mich in seine Arme. "Wir werden heute noch dem Planeten mitteilen, dass du unsere Partnerin bist und den rechtmäßigen Herrscher von Vikens Thron trägst."

Ich war skeptisch. "Das ist alles? Ihr braucht die Leute bloß zu informieren und sie werden es anerkennen? Gibt es draußen in den Sektoren nicht noch mehr Zweifler, so wie Gyndar?"

Drogan löste die Umarmung und ich stand zwischen ihm und Lev. Tor gesellte sich neben mich und ich war umzingelt. Behütet. Beschützt.

"Höchstwahrscheinlich." sagte Lev. "Das hier ist unser Elternhaus. Es gehörte immer uns wartete auf unsere Rückkehr. Der Regent war berechtigt, es zu nutzen. Wir drei hätten uns eher zusammenfinden sollen, um den Planeten zu vereinen."

"Unsere Eltern sind umgekommen, als sie versuchten, die Sektoren zu vereinigen und jetzt ist es unsere Aufgabe, den Planeten in die Einheit zurückzuführen. Wir werden unsere Männer nicht länger dazu ausbilden, sich gegenseitig zu bekriegen, sondern wir werden sie für die interstellare Koalition gegen die Hive kämpfen lassen, um uns alle zu beschützen." sagte Drogan. "Unsere Taten werden sehr viel mehr sprechen, als tausend Worte. Der gesamte Planet wird von Gyndars Verrat hören. Niemand wird es wagen, sich uns zu widersetzen, denn jeder von uns verfügt in den Sektoren über treue Verbündete, Leute, denen wir vertrauen. Dank dir wird der Planet wieder aufblühen, Liebes."

Tor legte seinen Arm um meine Taille, um meinen leicht gewölbten Bauch zu tätscheln. Unser Kind wuchs rasant. "Sie werden deinen runden Bauch sehen und wissen, dass wir die Wahrheit sprechen, dass dieses Kind, unsere Tochter, die neue Herrscherin ihrer Epoche sein wird, mit drei mächtigen Sektorenführern, die ihr den Weg weisen werden."

"Du wirst jetzt den gesamten Planeten über unsere Tochter informieren?" fragte ich.

Alle drei schüttelten den Kopf. "Nicht jetzt. Später."

"Deine Bestrafung steht als Erstes an." Tor hob mich an und beförderte mich zu einem Stuhl, wo er mich so zurechtlegte, dass ich quer auf seinem Schoß ruhte.

Ich versuchte, von seinem Bein herunter zu schlängeln, aber er hielt mich beharrlich an Ort und Stelle. Sein Bein war über meine Beine gehakt und seine Hand streichelte meinen Bauch. "Das wird für eine Weile das letzte Mal sein, dass du übers Knie gelegt wirst."

"Ich habe es nicht nötig, den Arsch versohlt zu bekommen!" kläffte ich wütend.

"Als wir aus der Hütte geflohen sind, solltest du ruhig sein und du hast trotzdem geredet. Deine Sicherheit hing davon ab und du hast dich in Gefahr gebracht."

"Ich habe mir Sorgen gemacht!"

Drogan und Lev gingen in die Hocke, damit wir auf Augenhöhe waren. Lev strich mir das Haar hinters Ohr. "Ich freue mich über deine Worte, Leah, aber

Tor hat Recht. Wir haben ihm dein Leben anvertraut und dein Ungehorsam hat es ihm erschwert, dich in Sicherheit zu bringen."

"Zehn Hiebe wirst du bekommen." sagte Tor, als seine Hand über meinen nackten Arsch fuhr.

"Danach werden wir die Verpartnerungszeremonie abhalten." fügte Drogan hinzu. "Solange unsere Verbindung nicht offiziell ist, können wir dem Planeten auch nicht verkünden, dass wir eine Familie sind."

"Und ich möchte deinen jungfräulichen Arsch in Besitz nehmen." Als Tor das sagte, ließ er einen Finger über meine Muschi und weiter nach oben gleiten, um meinen Hintereingang zu umkreisen. Mein Muschisaft befeuchtete seinen Finger, er stieß mit der Fingerspitze in mich hinein und ich verschloss mich um ihn herum. "Die Vorstellung gefällt dir, oder?" fragte er und brachte einen Augenblick später seine andere Hand auf meinen runden Arsch nieder.

Ich erschrak, aber der Hieb war nicht übermäßig fest.

"Du zählst, Leah." sprach er.

"Eins." war meine Antwort, ich starrte zu Drogan und Lev.

"Ich wollte euch nur in Sicherheit wissen." erklärte ich ihnen.

Klatsch.

Ich atmete tief ein. Er traf mich fester. "Zwei." sagte ich mit zusammengebissenen Zähnen.

Drogans Augen weiteten sich, nicht vor Lust, sondern eher aus Liebe. "Wir verstehen dich, aber es ist unsere Aufgabe, dich zu beschützen. Und es ist *deine* Aufgabe, unser Baby zu beschützen."

Klatsch.

Das Baby. Himmel, wenn ich gefangen genommen oder verletzt worden wäre, dann wäre das Baby ebenfalls verletzt worden. Ich hatte nur an sie gedacht. Ich hatte nicht daran gedacht, was wir gemeinsam gezeugt hatten, an den Menschen, der in mir heranwuchs. Das kleine Mädchen. "Es tut mir leid."

"Wir können uns nicht wie du um sie kümmern." fügte Lev hinzu. Er behielt seine Hand auf meinem Gesicht und umfasste meinen Unterkiefer. Sein Daumen strich über meine Wange und wischte eine Träne weg.

Klatsch.

"Vier." Ich weinte. "Es tut mir leid." flüsterte ich. "Ich habe nicht nachgedacht. Das Baby, es ist ... es ist so neu für mich. Ich hatte keine Ahnung, dass ich mich um drei Männer sorgen würde. Ich hatte keine Ahnung, dass ich ein Baby in mir tragen würde."

Klatsch.

"Dann wird das hier behilflich sein, dich an dein neues Leben erinnern." sagte Tor. "Wie viele?"

"Fünf." flüsterte ich.

Klatsch.

"Das hier wird eine Erinnerung

daran sein, dass du drei Männer hast, die sich ausreichend um dich sorgen. Die dir, wenn nötig, den nackten Arsch versohlen. Und die dich ficken, wenn du es brauchst. Die dich lieben."

"Für immer." fügte Drogan hinzu.

Die Vorstellung, von allen drei Männern geliebt zu werden, trieb mir hemmungslos die Tränen in die Augen. Sie liefen meine Wangen hinunter und auf Levs Finger.

"Ich liebe euch auch." schluchzte ich.

Tor schlug immer wieder auf verschiedene Körperteile ein, aber ich zählte nicht mehr mit, sondern lag nur schlaff und heulend auf seinen Schoß. Als er fertig war, strich er mit seiner Hand über meine kribbelnd heiße Haut und Lev wischte mir die Tränen von den Wangen.

"Fertig." sagte Drogan. "Zuzulassen, dass wir uns um dich kümmern, wird dir nicht leicht fallen, Leah, aber du *wirst* es hinbekommen." Seine letzten Worte klangen eisern.

"Gyndar ist nicht mehr da, aber das bedeutet nicht, dass es keine anderen Bedrohungen, keine andere Gefahren geben wird. Du bringst unsere Tochter zur Welt, während wir auf dich aufpassen."

Er und Lev schauten mich dermaßen ernsthaft an, dass ich lächeln musste, allerdings war es ein sehr feuchtes Lächeln. Diese drei konnten mich behüten *und* gleichzeitig über den Planeten herrschen. Sie waren zu allem fähig …, aber sie konnten kein Baby machen. Und das war innerhalb unserer Familie jetzt meine ehrwürdige Aufgabe. Wir hatten eine Tochter.

Etwas Wildes und Übermächtiges erwachte in meinem Herzen und ich wusste, das meine Tochter bis zu diesem Moment nicht real gewesen war. Jetzt war sie es, und ich liebte sie mit einer leidenschaftlichen Fürsorge, wie ich sie noch nie erlebt hatte, selbst mit meinen Männern nicht. Das hier war etwas anderes. Dieses Kind war ein Teil von mir und ich war ein Teil von ihr. Für sie würde ich sterben oder töten und ich würde alles unternehmen, damit das Kind wohlauf war und gesund und glücklich aufwachsen konnte.

"In Ordnung, ich stimme euch zu. Ich werde mich nicht mehr mit euch streiten. Unsere Tochter muss beschützt werden."

"Braves Mädchen, Leah." Tors Hand glitt nach unten über meine Muschi. "Sie ist klitschnass."

Ein Knurren folgte und er hob mich hoch und trug mich herüber aufs Bett. Ich konnte nicht sehen, ob die anderen folgten, denn er küsste mich, zärtlich, sinnlich und lustvoll. Seine Zunge schlüpfte in meinen Mund, umspielte die meine und sein wuchtiger Körper fühlte sich an wie ein sicherer Kokon, obwohl seine Unterarme das meiste seines Gewichtes abfederten. Ich war in Sicherheit. Ich wurde begehrt. Ich wurde geliebt.

Tor beendete den Kuss und setzte

sich zurück auf sein Hinterteil. Die anderen beiden waren dabei, sich ihrer Kleider zu entledigen und ließen sie auf den Boden fallen.

"Wir werden hier mit dir in diesem Haus wohnen, Leah, und zwar bis ans Ende unseres Lebens." sagte Tor. Seine Hände strichen über meinen Körper, als wäre es das allererste Mal.

"Hier?" fragte ich.

Drogan nickte und zog sein Oberteil über den Kopf, was mir einen perfekten Blick auf seinen flachen Bauch, seine festen Bauchmuskeln und seine schmale Taille gab. "Von hier aus werden wir herrschen. Mit dir. Mit unserer Tochter."

"Brüder, als Erstes wollen wir sie für uns beanspruchen." Lev hatte sich als erster seiner Kleidung entledigt und als Tor von meiner Seite wich, um sich ebenfalls auszuziehen, nahm Lev seinen Platz ein. "Dann wollen wir dich bereit für uns machen."

Er beugte sich herunter, nahm einen

steifen Nippel in den Mund und nuckelte daran. "Bald werden wir hier Milch schmecken. Wir werden deine Essenz kosten. Wir haben dir unseren Samen gegeben und du wirst uns das hier geben."

Ich hatte keine Ahnung, warum mich die Vorstellung, wie meine Männer an meinen angeschwollenen Brüsten voller Muttermilch nuckelten, antörnte, aber das tat sie. Vielleicht war es der Anblick von Levs Kopf an dieser Stelle, das Gefühl seiner nassen Zunge, die mich leckte und der Sog in seinem Mund.

Lev hob schließlich den Mund von meinem Nippel und erkundete die weiche Flanke meiner Brust. Tor nahm die andere Seite und Drogan machte es sich zwischen meinen Oberschenkeln gemütlich. Alle drei berührten mich mit ihren Händen und streichelten, liebkosten und erkundeten mich.

Ich hob meine Hände, um sie zu berühren, Lev und Tors seidiges Haar, ihre starken Armmuskeln, ihre glatten Flanken.

"Genau hier gehörst du hin, Leah. In unsere Mitte." sagte Drogan und blickte mir von seinem Platz zwischen meinen Beinen aus in die Augen. Sein warmer Atem fächelte gegen mein geschwollenes, nasses Fleisch. Er grinste, als ich die Hüften durchdrückte.

"So gierig, nicht wahr?" Erst danach senkte er den Kopf und nahm er mich mit dem Mund, er kostete mich, er leckte jeden Tropfen aus meinen angeschwollenen Falten, anschließend umkreiste er meinen Kitzler mit äußerst behutsamen, sanften Zügen. Ich kam, als er meinen Kitzler bearbeitete und dabei zwei Finger in mich hineingleiten ließ. Bevor ich meine Partner kennenlernte, kam ich nur, wenn ich mich selbst befriedigte. Jetzt konnte ich nicht *nicht* kommen. Ich war so empfindlich, so überaus begierig, dass ich mehrere Orgasmen hatte. Als ich wieder zu Atem kam, beschwerte ich mich ganz und gar nicht.

"Brüder, sie ist bereit," knurrte Drogan.

Sie bewegten sich zügig, sie drehten und wendeten mich, als wäre ich schwerelos. Lev legte sich mithilfe eines Kissens erhöht auf den Rücken. Die anderen beiden hoben mich nach oben und auf in herauf, meine Beine ritten die seinen. Lev umfasste fest seinen Schwanz und senkte mich Stück für Stück auf ihn hinab. Ein paar mal hob er mich an, bis ich vollständig auf ihm aufsaß und meine Schenkel auf seinen ruhten.

Ich stöhnte beim Gefühl, gefüllt zu werden. "Das ist *so* gut." flüsterte ich. Ich schloss die Augen, legte meine Hände auf seine Brust und genoss es einfach, ihn zu spüren.

"Das hier wird sich sogar noch besser anfühlen." sagte Tor, als er hinter mich ging. Er küsste meinen Nacken, dann knabberte er an der Stelle, wo mein Nacken in meine Schulter überging. "Leg dich auf Levs Brust. Genau so. Gutes Mädchen."

Die Männer summten mir ein Lied, während sie mir dabei halfen, auf Lev Position einzunehmen, meine Knie waren gebeugt und meine Brüste pressten sich in Levs federndes, weiches Brusthaar.

Ich spürte eine kühle Flüssigkeit an meinem Hintereingang hinuntergleiten. Tors Finger strichen hauchzart über meine wohltrainierte Öffnung, dann pressten sie langsam hinein. Ich war für die Woche mit den Analplugs äußerst dankbar, obwohl ich sie zu der Zeit sicher nicht genossen hatte. Ich hatte keine Ahnung gehabt, wie sensibel ich dort war, wie viele zarte Nervenenden aufgeweckt wurden. Jedes Mal, wenn Tors Finger—oder einer der zahlreichen Plugs—über mein zartes Fleisch glitten, steigerte sich mein Verlangen und meine Erregung. Ich war in der Lage, beim analen Spiel zu kommen, aber ich war mir nicht sicher, ob ich dort einen Schwanz aushalten würde. Es würde zu viel werden, zu dick, zu ... intim.

Was ich mit meinen Männern teilte, war die engste Verbundenheit, die ich je mit jemanden gespürt hatte. Ihre Aufmerksamkeiten machten unsere Verbindung nur noch intensiver. Es ... es war einfach verrückt. Diese Verpartnerung—beinahe fürchtete ich mich vor der stetig wachsenden Intensität unserer Verbindung.

"Beeil dich, Tor. Ihre Muschi ist zu gut, ich werde es nicht lange aushalten." Levs Stimme klang gestresst, als ob er es kaum noch aushalten konnte. Ich hob meinen Kopf und sah die gespannten Falten an seinem Nacken, seinen verkrampften Kiefer. Ich konnte Schweißperlen auf seiner Stirn sehen, die Mühe, die es ihm machte, sich zurückzuhalten. Sein Schwanz ruhte tief in meinem Inneren, ohne sich zu bewegen.

"Und ich kann es nicht erwarten, in

ihren Mund zu gehen." knurrte Drogan, als er seinen Schwanz rieb. Ich sah zu, wie ein Lusttropfen von der Spitze glitt und über seine Finger floss.

Tor rutsche aus meinem schlüpfrigen Poloch hinaus und ich fühlte mich leer, aber nur für einen kurzen Moment, denn danach drückte die feuchte Spitze seines Schwanzes in mich hinein.

"Atme, Leah." sprach Tor, seine Stimme befand sich an meinem Ohr. Er legte die eine Hand neben Levs Schulter auf dem Bett ab, dunkle Venen quollen an seinen Unterarmen hervor. Die andere Hand lag auf meinem stechenden Hintern und zog ihn auseinander, um mich noch weiter für ihn zu öffnen.

Ich atmete tief durch und ließ alles heraus, um Tor zu erlauben, tiefer in mich einzudringen. Selbst nach all den Plugs und seinem Finger, der mich eben mit Gleitöl eingeschmiert hatte, wehrte sich mein Körper gegen den neuartigen

Übergriff. Seine dicke Eichel war größer, als jeder der Plugs und ich widersetzte mich ihm. Tor hob die Hand und ließ sie mit einem festen Schlag heruntersausen.

"Lass mich rein!" sagte er.

Ich stöhnte und zog meinen Po zusammen, was Levs Schwanz in meiner Muschi zusammendrückte.

"Sie wird mich erwürgen." knurrte Lev.

"Sie muss mich reinlassen oder du wirst kommen und wir müssen nochmal von vorne beginnen."

"Dafür wird sie bestraft werden." versprach Lev.

Wütend zu werden war schwierig, wenn Levs Schwanz gerade in mir steckte. "Dafür würdest du mich bestrafen?"

"Du darfst deinen Partnern nichts abschlagen, Leah, auch nicht den Zugang zu deinem jungfräulichen Arsch." sagte Lev. "Drück dich nach hinten und lass dich von ihm ficken, damit er deinen Arsch mit Samen füllen kann. *Sofort.*"

Sein ernstes Gesicht und seine bedrohliche Stimme ließen mich vor Vergnügen erzittern, aber ich fürchtete auch die Strafe, die er vergeben würde. Ich *wollte* Tor meinen Arsch ficken lassen, aber es war schwer.

Ich blickte zu Drogan der mir leicht zunickte, dann legte ich meine Wange auf Levs Schulter, hob die Hüften ein winziges Bisschen an und drückte mich nach hinten. Als Tor sich Stück für Stück in mich hineinarbeitete, bot ich ihm weiter meinen Hintern an, ich neigte ihn nach oben und bot die allerletzte Bastion meines Selbst an, die ich noch nicht mit ihnen geteilt hatte.

Ich atmete durch die Dehnung, die Öffnung, den Druck seines Schwanzes bis ich ein „Plopp" spürte und er drin war. Nur mit der riesigen Spitze, aber er war drin. Ich stöhnte, ich spürte jetzt nicht nur Levs Schwanz, sondern Tors ebenfalls. Sie steckten in mir drin.

Öffneten mich. Dehnten mich. Erfüllten mich.

"Ich bin drin." schnauzte Tor.

"Und jetzt ich." Drogan schob sich näher an mich heran. "Nach oben, Leah."

Ich hob den Kopf hoch und stützte mich auf meine Unterarme, damit sein Schwanz genau vor meinem Mund war. Der große Ring funkelte und immer mehr Flüssigkeit sickerte aus der kleinen Öffnung in der Mitte. Sein Schwanz hatte eine dunkel-lila Farbe, dicke Venen pulsierten die gesamte Länge entlang. Er roch sinnlich nach Moschus und ich leckte mir begierig die Lippen.

Himmel, er würde in meinem Mund kommen. Beim letzten Mal musste ich heftig kommen und hatte vor Lust geschrien. Dasselbe passierte jedes Mal, wenn sie meine Muschi fickten. Aufgrund ihres Samens musste ich *jedes* Mal kommen, Himmel, ihr Samen war einfach ... göttlich. Ich sehnte mich danach. Mein Körper brauchte ihn. Wie würde es sich anfühlen, wenn alle drei auf einmal in mir kommen würden?

Mein Körper entspannte sich bei der Idee.

"Sie ist so feucht. Es ist Zeit, uns zu bewegen." befahl Lev.

Drogan kam näher und ich machte den Mund auf. Ich leckte nicht seine Eichel, ich spielte nicht mit dem Ring. Ich öffnete mich für ihn und er drang in mich ein, bis sein Schwanz tief in meiner Kehle steckte. Die vergangene Woche über hatte sich mein Würgereflex abgeschwächt und ich hatte gelernt, durch die Nase zu atmen. Ich konnte den Lusttropfen auf meiner Zunge schmecken und spürte, wie er mich heißer und gieriger machte.

Als Drogan begann, meinen Mund langsam mit seinem prallen Schwanz zu ficken, drang Tor tiefer in meinen Arsch ein. Lev zog sich währenddessen unter mir zurück, dann wechselten sie sich ab —ein Schwanz glitt in meinen Arsch, während meine Muschi fast leer war und umgekehrt.

Ich spürte, wie Tors Hüften gegen meinen Arsch pressten, als er bis zum Ansatz in mir drin steckte. Ihr Knurren mischte sich mit meinem lustvollen Stöhnen. Ich konnte meine Augen nicht länger geöffnet halten. Ich konnte mich nur dem hingeben, was sie mit mir anstellten. Ich war ein Behälter, ihre Frau, die sie mit allen ihren Öffnungen in sich aufnahm. Zur gleichen Zeit. Ich war die einzige Person, die sie auf diese Art miteinander verbinden konnte, die uns alle vereinen und zu einem Wesen machen konnte.

Das Baby in meinem Bauch stellte die Krönung dieser Verbindung dar, den Beweis, dass meine Männer mich und nur mich wollten, dass diese Bindung die perfekte Partie war.

Ich wollte um Drogans Schwanz herum aufschreien, aber mein Schrei wurde erstickt. Sie alle drei benutzten mich. Sie gewährten mir keine

Verschnaufpause und ich wollte auch keine. Ich spürte, wie ihr Lusttropfen mein Inneres auskleidete. Meinen Arsch, meine Muschi, meinen Mund. Verloren wälzte ich mich hin und her.

"Ich bin soweit." knurrte einer von ihnen.

"Auf jetzt." sprach ein anderer. Ich konnte nicht mehr unterscheiden, wer was sagte. Es war mir egal. Es war nicht mehr wichtig. Sie waren vereint. *Wir* waren vereint.

"Ja." sagte der dritte.

Schneller und härter stießen sie zu, einmal, zweimal, dann drückten sie alle drei auf einmal in mich hinein. Ein Schwanz lag eingebettet in meiner Muschi. Einer in meinem Mund. Einer in meinem Arsch. Alle drei Schwänze pulsierten, als sie ihre Orgasmen hatten. Der dickflüssige, heiße Samen pumpte aus ihnen heraus und bedeckte jeden Zentimeter meiner Körperöffnungen, er knisterte und markierte mich, sodass ich kam. Ich konnte nicht schreien, mich nicht bewegen. Ich konnte nicht einmal denken. Ich spürte unsere Verbindung, wie sich ihre Wonne mit der meinen vermischte. Ich schluckte Drogans Sperma herunter, ich genoss jeden köstlichen Tropfen davon, bis er herauszog. Ich spürte, wie überschüssiger Samen um Levs Schwanz heraussickerte und von meiner Muschi tropfte. Tief in meinem Arsch spürte ich, wie Tors Schwanz abspritzte. Mein Arsch gehörte ihnen und von nun an würde ich sie anflehen, mich dort zu nehmen. Es war so stark, so real, dass ich fast das Bewusstsein verlor und erst wieder zu Sinnen kam, als Drogan seinen Schwanz aus meinem Mund zog und mit dem Daumen meine Mundwinkel abwischte.

Er hatte mich gefüttert und ich leckte ihn sauber.

Vorsichtig zog Tor als nächster aus mir heraus, dann folgte Lev. Ich war leer, lag aber immer noch zusammengesackt auf Levs Körper, die Verbindung blieb erhalten. Tor legte sich auf eine Seite, Drogan auf die andere.

"Müssen wir jetzt die Bekanntgabe machen." fragte ich besorgt.

"Etwas später, ja. Aber ich möchte erst unsere Verbindung auskosten, Ich spüre die Verpartnerung, du etwa nicht?" fragte Drogan.

Und ob. Ich *spürte* sie. Ich nickte gegen Levs Brust. Seine Hand strich über meinen schweißgebadeten Rücken.

"Was auch immer die Zukunft bringt, wir werden es gemeinsam bewältigen. Wir werden unserer Tochter alles geben, was sie benötigen wird. Viken wird sich vereinen, so wie wir uns vereint haben." fügte Tor hinzu.

Ich feixte. "Nicht *exakt* so wie wir." Ich errötete. Die glühende Leidenschaft für diese Männer war mir immer noch peinlich, selbst nach all dem, was wir gerade hinter uns hatten.

"Leah, du hast uns wieder zusammengeführt. Du wirst diejenige sein, die Viken retten wird." sagte

Drogan zu mir. Die anderen stimmten ihm leise zu.

"Es freut mich zu wissen, dass ich helfen konnte." Ich biss meine Lippe.

"Aber?" Tor wusste, dass ich noch nicht fertig war.

"Aber können wir wieder zusammen kommen, so wie ... eben?"

Tor hob mich von Levs Brust herunter und legte mich auf seine Brust. Er grinste zu mir nach oben. "Du magst es, wenn wir dich gemeinsam nehmen?"

Ich nickte zaghaft.

Er langte nach hinten und streichelte über meine Muschi, dann über meinen Arsch; beide trieften mit Samen. "Fühlt es sich wund an?"

"Das Baby?" fügte Drogan hinzu.

"Es tut nicht weh und dem Baby geht es gut. Mehr, Männer, mehr." Ich bettelte.

"Mit Vergnügen." sagte Tor.

"Ja." fügte Drogan hinzu. "Ganz unser Vergnügen."

Und sie zeigten mir noch einmal, wie wahrhaftig vereint wir sein konnten.

Lies als Den Kriegern hingegeben nächstes!

Als widrige Umstände ihr keine andere Wahl lassen, als sich freiwillig zum Interstellaren Bräute-Programm zu melden, wird Hannah Johnson an nicht nur einen, sondern gleich zwei Gefährten vermittelt. Ihre künftigen Ehemänner sind Krieger vom Planeten Prillon—einer Welt, dessen Männer weithin für ihre Kraft und Geschicklichkeit bekannt sind, im Kampf wie auch im Bett.

Nach ihrem Transport auf ein Raumschiff am anderen Ende der Galaxis erwacht Hannah in Gegenwart von Zane Deston, dem großgewachsenen, umwerfend gutaussehenden Kommandanten der prillonischen Flotte. Nachdem er sie darüber informiert, dass sie nun seine Gefährtin ist, sowie auch die seines Sekundärs, nimmt sich Zane der Überwachung ihrer gründlichen und intimen ärztlichen Untersuchung an. Als sie sich weigert, mit dem Schiffsarzt wie gewünscht zu kooperieren, handelt sie sich eine schmerzhafte, peinliche Tracht Prügel auf ihren bloßen Hintern ein, aber es ist die Reaktion ihres Körpers auf die Untersuchung, bei der sie erst richtig rot wird.

Obwohl Hannah die Aussicht darauf schockiert, von Zane und seinem Sekundär geteilt zu werden—dem ebenso gutaussehenden Krieger Dare—, kann sie ihre Erregung nicht verbergen, wenn ihre beiden dominanten Gefährten sich die Zeit nehmen, über ihren Körper zu herrschen. Während der Tag der Besitznahme-Zeremonie immer näher rückt, beginnt Hannah, sich nach dem Augenblick zu sehnen, in dem Zane und Dare sie völlig an sich nehmen. Aber kann sie es riskieren, ihr Herz Männern zu schenken, die jederzeit im Kampf ums Leben kommen könnten?

Lies als Den Kriegern hingegeben nächstes!

INTERSTELLARE BRÄUTE PROGRAMM

DEIN Partner ist irgendwo da draußen. Mach noch heute den Test und finde deinen perfekten Partner. Bist du bereit für einen sexy Alienpartner (oder zwei)?

Melde dich jetzt freiwillig!
interstellarebraut.com

GRACE GOODWIN

BÜCHER VON GRACE GOODWIN

Interstellare Bräute® Programm

Im Griff ihrer Partner

An einen Partner vergeben

Von ihren Partnern beherrscht

Den Kriegern hingegeben

Von ihren Partnern entführt

Mit dem Biest verpartnert

Den Vikens hingegeben

Vom Biest gebändigt

Geschwängert vom Partner: ihr heimliches Baby

Im Paarungsfieber

Ihre Partner, die Viken

Kampf um ihre Partnerin

Ihre skrupellosen Partner

Von den Viken erobert

Die Gefährtin des Commanders

Ihr perfektes Match

Interstellare Bräute Programm: Die Kolonie

Den Cyborgs ausgeliefert

Gespielin der Cyborgs

Verführung der Cyborgs

Ihr Cyborg-Biest

Cyborg-Fieber

Mein Cyborg, der Rebell

Cyborg-Daddy wider Wissen

Interstellare Bräute Programm: Die Jungfrauen

Mit einem Alien verpartnert

Zusätzliche Bücher

Die eroberte Braut (Bridgewater Ménage)

ALSO BY GRACE GOODWIN

Interstellar Brides® Program

Mastered by Her Mates

Assigned a Mate

Mated to the Warriors

Claimed by Her Mates

Taken by Her Mates

Mated to the Beast

Tamed by the Beast

Mated to the Vikens

Her Mate's Secret Baby

Mating Fever

Her Viken Mates

Fighting For Their Mate

Her Rogue Mates

Claimed By The Vikens

The Commanders' Mate

Matched and Mated

Hunted

Viken Command

Interstellar Brides® Program: The Colony

Surrender to the Cyborgs

Mated to the Cyborgs

Cyborg Seduction

Her Cyborg Beast

Cyborg Fever

Rogue Cyborg

Cyborg's Secret Baby

Interstellar Brides® Program: The Virgins

The Alien's Mate

Claiming His Virgin

His Virgin Mate

His Virgin Bride

Interstellar Brides® Program: Ascension Saga

Ascension Saga, book 1

Ascension Saga, book 2

Ascension Saga, book 3

Trinity: Ascension Saga - Volume 1

Ascension Saga, book 4

Ascension Saga, book 5

Ascension Saga, book 6

Faith: Ascension Saga - Volume 2

Ascension Saga, book 7

Ascension Saga, book 8

Ascension Saga, book 9

Destiny: Ascension Saga - Volume 3

Other Books

Their Conquered Bride

Wild Wolf Claiming: A Howl's Romance

HOLE DIR JETZT DEUTSCHE BÜCHER VON GRACE GOODWIN!

Du kannst sie bei folgenden Händlern kaufen:

Amazon.de
iBooks
Weltbild.de
Thalia.de
Bücher.de
eBook.de
Hugendubel.de
Mayersche.de
Buch.de
Bol.de

Hole dir jetzt deutsche Bücher von Grace Goodwin!

Osiander.de
Kobo
Google
Barnes & Noble

ÜBER DIE AUTORIN

Hier kannst Du Dich auf meiner Liste für deutsche VIP-Leser anmelden: **https://goo.gl/6Btjpy**

Möchtest Du Mitglied meines nicht ganz so geheimen Sci-Fi-Squads werden? Du erhältst exklusive Leseproben, Buchcover und erste Einblicke in meine neuesten Werke. In unserer geschlossenen Facebook-Gruppe teilen wir Bilder und interessante News (auf Englisch). Hier kannst Du Dich anmelden: http://bit.ly/SciFiSquad

Alle Bücher von Grace können als eigenständige Romane gelesen werden. Die Liebesgeschichten kommen ganz ohne Fremdgehen aus, denn Grace schreibt über Alpha-Männer und nicht Alpha-Arschlöcher. (Du verstehst sicher, was damit gemeint ist.) Aber Vorsicht! Ihre Helden sind heiße Typen und ihre Liebesszenen sind noch heißer. Du bist also gewarnt...

Über Grace:

Grace Goodwin ist eine internationale Bestsellerautorin von Science-Fiction und paranormalen Liebesromanen. Grace ist davon überzeugt, dass jede Frau, egal ob im Schlafzimmer oder anderswo wie eine Prinzessin behandelt werden sollte. Am liebsten schreibt sie Romane, in denen Männer ihre Partnerinnen zu verwöhnen wissen, sie umsorgen und beschützen. Grace hasst den Winter und liebt die Berge (ja, das ist problematisch) und sie wünscht sich, sie könnte ihre Geschichten einfach downloaden, anstatt sie zwanghaft niederzuschreiben. Grace lebt im Westen der USA und ist professionelle Autorin, eifrige Leserin und bekennender Koffein-Junkie.

https://gracegoodwin.com

GRACE GOODWIN LINKS

Du kannst mit Grace Goodwin über ihre Website, ihrer Facebook-Seite, ihren Twitter-Account und ihr Goodreads-Profil mit den folgenden Links in Kontakt bleiben:

Web:
https://gracegoodwin.com

Facebook:
https://www.facebook.com/profile.php?id=100011365683986

Von ihren Partnern beherrscht

Twitter:
https://twitter.com/luvgracegoodwin

www.ingramcontent.com/pod-product-compliance
Lightning Source LLC
LaVergne TN
LVHW011755060526
838200LV00053B/3605